15/02/25

Pour Violette

le voyage dans le temps

et dans l'espace

Joan

Le fleuve

et autres histoires de presqu'amour

Du même auteur

Parus aux Éditions Le Manuscrit

11 novembre 1953, Roman, 2002
Les occasions manquées, Nouvelles, 2002
J'ai failli t'offrir une rose, Roman, 2004
Et du bien pas davantage, Roman, 2007
Le bon côté, Roman, 2007
La Première, Roman, 2008
La longueur du temps, Roman, 2010
Finaliste du concours de l'éditeur
Âmes vives, Roman d'anticipation, 2010
Je veux et j'exige, Roman, 2011
Finaliste du concours de l'éditeur
Si jamais tu partais, Roman, 2012
Lauréat du concours de l'éditeur
Le parfum du Métropolitain, Roman, 2014

Paru aux Éditions Upblisher

TriSol, Roman de science-fiction, 2013
Lauréat du concours de l'éditeur

Parus aux Éditions Cockritures

Naevus bleuet, Roman, 2015
Trinascimento (suite de Trisol), Roman de science-fiction, 2016
Demain, le soleil, Roman, 2016
Margot Gioia, Roman, 2017
La longueur du temps (nouvelle édition), Roman, 2017
Cœurs de fil, Roman, 2018
Le fleuve et autres histoires de presqu'amour, Nouvelles, 2019
Pour un mot malheureux, Roman, 2021

Joan Ott

Le fleuve

et autres histoires de presqu'amour

Nouvelles

Editions Cockritures

Les personnages et les situations de ces récits étant fictifs, toute ressemblance avec des personnes ou des situations existantes ou ayant existé ne saurait être que fortuite.

Illustration couverture : © Joan Ott
Photo auteur : © Geneviève Boutry
Réalisation couverture : Editions Cockritures

www.cockritures.fr

ISBN 979-10-95691-12-9

Il n'y a qu'une sorte d'amour,
mais il y en a mille différentes copies

François de La Rochefoucauld
Réflexions ou sentences et maximes morales

Et si c'était vrai ?

Céleste et Céleste

Je n'y ai jamais vraiment pensé de mon vivant, mais voilà que deux mille ans après moi, vous me réveillez pour m'interroger. Et ce n'est pas une question, que vous me posez, c'est toute une kyrielle ! Pour un peu, je dirais que vous me harcelez, comme vous dites maintenant.

À quoi cela pourra-t-il bien vous servir de savoir, je n'en sais rien, mais puisque vous insistez... Je tâcherai à m'exprimer en votre langue d'à présent, et les noms des lieux, eux aussi, je vous les dirai comme ils sont aujourd'hui, même si ça me fait drôle. Vous me pardonnerez, j'espère, mon parler parfois maladroit : c'est que contrairement à vous tous, je n'ai pas étudié. Du moins, pas très longtemps. Je savais lire et écrire, pourtant. Et à mon époque, ce n'était déjà pas si mal, surtout que j'ai presque tout appris seule. Vous avez un mot, pour ça, je crois... Ah oui : autodidacte. C'est ce que j'étais. J'ai passé ma vie à glaner des choses, de-ci, de-là. C'est que j'aimais apprendre, voyez-vous. Ah si j'avais pu !

Mais je digresse, pardonnez-moi. Ou bien alors, non, je ne digresse pas, puisque je parle de moi. C'est bien ce que vous me demandez, n'est-ce pas ? Et c'est bien ce qui m'étonne. Ce n'est pas pour vous parler de mon époque, ni même de ma région que vous m'avez réveillée, non, c'est juste pour que je vous parle de moi. De moi qui ne suis rien, en tout cas rien qui aurait mérité de passer à la postérité, ni déesse, ni héroïne, ni rien de tout ça, juste une brave femme qui tout au long de sa vie s'est appliquée à faire au mieux. C'est ce que je me disais toujours, le soir, avant de m'endormir. Je ne priais pas, ni chrétienne ni rien d'autre d'ailleurs, mais j'aimais à faire le point, un bilan, diriez-vous, oui, j'aimais à faire mon bilan quotidien. Quand je ne le faisais pas, je dormais mal, je n'ai jamais compris pourquoi. Alors, pour avoir droit à une bonne nuit bien calme, sans rêves mauvais, je dressais ma liste du jour, pour pouvoir me dire juste avant de fermer les yeux : « Dors tranquille, tu as fait, sinon de ton mieux, du moins de ton moins mal possible. » Je sais, ça ne se dit pas comme ça, mais c'était mon expression à moi.

Et donc, voici... Je suis née à Yzeure. Mon père, comme tous les hommes valides de la région, travaillait à l'atelier. Il fabriquait des statuettes en argile blanche qui se vendaient bien, et jusque très loin de chez nous. Ce que c'est que la mode ! Moi, elles ne me plaisaient qu'à moitié, ces figurines de déesses et d'animaux. Mon père, c'était les animaux. Sa spécialité, en quelque sorte. Tous ceux qui étaient un peu ratés, au lieu de les détruire comme c'était l'usage, pour récupérer l'argile, il les emportait. Aussi y en avait-il partout chez nous, on ne savait plus où poser ni la main ni le pied. Ah oui, j'oubliais de vous dire : nous étions six enfants, et j'étais l'aînée, comme vous pouvez le voir en regardant la statuette qui nous représente. Parce que oui, il s'agit bien de nous six, moi et mes cinq frères et sœurs. Vous pensiez sans doute qu'il s'agissait de mes enfants ? Mais non. Je n'en ai jamais eu, les dieux en qui je ne crois guère sans doute n'ont pas voulu. Mon ventre un peu arrondi, c'était bien un enfant, pourtant. Il n'a pas vécu. J'y reviendrai plus tard, si vous voulez bien.

Revenons à ma première jeunesse. Ma mère avait mis au monde six enfants, moi d'abord, puis rien pendant sept ans, puis les cinq autres. Six, et vivants, c'était un exploit. Un exploit d'autant plus remarquable que nous sommes tous devenus vieux. Presque quatre-vingts ans pour moi, et plus de soixante pour les autres. C'est ma mère qui nous a quittés. Elle a mis au monde le dernier et elle est morte. Pour un peu, je lui en aurais voulu. Elle serait morte après le deuxième ou le troisième, encore, ç'aurait été acceptable, mais me laisser seule avec cinq petits, c'était tout de même un peu beaucoup. Presque trop. Je dis presque, parce que tout de même, j'y suis arrivée. Je les ai élevés, tous. Et éduqués, aussi. Pas seulement nourris, non, éduqués pour de bon. Comme je pouvais. C'est sûrement de là qu'elle me vient, mon expression : *du moins mal que j'ai pu…*

Mon nom, c'était Céleste. Céleste, si vous préférez. Et c'était celui aussi de notre voisin. Nous avions le même âge. Petits, nous jouions ensemble. Après, évidemment, avec les cinq toujours dans mes jambes, je n'ai plus eu le temps de beaucoup jouer… Mais nous avions malgré tout eu le temps de nous connaître et de nous apprécier. Je n'avais pas huit ans quand il m'a dit : Tu seras ma femme, un jour. Sans réfléchir, j'ai dit oui. C'était tout naturel. Evident. Amoureuse ? Peut-être bien… Est-on amoureuse, à huit ans ? Je ne sais pas, je ne me souviens plus. Tout ce que je sais, c'est que j'aimais être près de lui. Quand nous étions ensemble, c'était comme si rien de mal ne pouvait nous arriver, ni à lui, ni à moi. Après, nous avons continué à nous voir, ou plutôt à nous croiser, quand il revenait de l'atelier, parce que oui, lui aussi y travaillait à présent. Il portait mon panier quand je revenais du lavoir, nous échangions quelques mots, pas plus, j'étais toujours pressée. Jusqu'au soir où il m'a dit : Je suis un homme à présent. Je peux t'épouser. J'ai dit : Nous sommes six. Sept avec mon père qui se fait vieux. Il s'est gratté la tête, il avait un sourire en coin. C'est un lot, je lui ai dit. À prendre ou à laisser. Je prends, il a dit. Quoi ? j'ai fait, tu nous prends tous autant qu'on est ? Et pourquoi pas, il a répondu. Je t'ai toujours dit que tu serais ma femme, je n'ai qu'une parole.

Nos maisons étaient voisines, Céleste a abattu deux murs, il a construit un passage et nos maisons n'en ont plus fait qu'une. Quand mon ventre a commencé à s'arrondir, il a voulu faire une image de nous tous, enfin de moi et de mes frères et sœurs. Vous diriez une photo, je crois. Mon père venait de nous quitter. Et Céleste n'est pas non plus sur l'image, forcément, puisque c'est lui qui la faisait. C'est bien dommage, parce que ça m'aurait laissé un souvenir de nous deux. Je n'ai aucune image de lui, sauf dans ma tête.

Pourquoi nous sommes nus ? La mode, bien sûr ! Mais rassurez-vous, quand il nous a dessinés, oui, parce que pour fabriquer ses figurines, d'abord, il faisait un dessin, nous étions habillés. Et pour cause ! On était en plein hiver, il faisait un froid de canard, même que cette année-là, l'Allier avait gelé. Et de toute manière, jamais je ne me serais montrée nue devant mes frères et mes sœurs. Quand nous étions seuls tous les deux, c'était tout autre chose... mais ces souvenirs-là, j'aime mieux ne pas trop les remuer, ils me rendent triste...

Mon ventre s'arrondissait, oui. Nous étions heureux. Comme nous étions heureux ! C'était pour la fin du printemps. Comment dites-vous ? Oui, juin. C'était pour le mois de juin.

Quand il allait pêcher dans la rivière, le plus souvent je l'accompagnais. Mais ce jour-là, j'étais déjà trop lourde. C'était pour bientôt, je le savais. Je l'ai laissé partir. Je ne l'ai plus revu. Le courant n'était pas bien fort. Quand on a repêché son corps, il n'avait aucune blessure. On n'a jamais su ce qui s'était passé.

Dans la nuit, j'ai mis au monde une fille. Elle était bleue. Presque noire. On l'a portée en terre avec son père.

Toute ma vie, j'ai conservé la statuette. J'avais demandé à ce qu'on la mette en terre à mes côtés. Je ne sais pas si ma dernière volonté a été respectée. Qu'importe... Voilà, c'est tout. Je n'ai rien d'autre à ajouter.

Vous dites ? Après ? Ah... après... Qu'est-ce que je pouvais faire ? J'ai continué à vivre, il fallait bien. Je n'ai pas eu d'autre époux. Je n'ai pas eu d'autre enfant. Mes frères et mes sœurs, c'était bien suffisant. Même après, quand ils ont été grands. Ils étaient ma famille. Je me suis occupée de leurs petits aussi. Je savais y faire, j'avais de l'entraînement. Et puis, que voulez-vous, j'étais née pour aimer. Alors, je les ai aimés.

Mais maintenant, si vous voulez bien, je voudrais retourner à mon sommeil. Mon sommeil de presque deux mille ans...

Un si beau parti

Le ban et l'arrière-ban avaient été convoqués. Du plus proche au plus éloigné, frères, sœurs, grands-parents, oncles, tantes, cousins, cousines, tous avaient répondu à l'appel, pas un ne manquait. C'est que le père, la connaissant, s'était dit qu'ils ne seraient jamais trop pour convaincre la donzelle.

Le conseil s'était réuni dans la salle à manger d'apparat, autour de la longue table à laquelle toutes les rallonges avaient été mises.

Tout au long de l'exposé, elle s'était tue, faisant mine d'écouter attentivement la liste des arguments énoncés par le père d'abord, puis ceux qu'avaient tentés les plus audacieux des membres attablés, arguments accompagnés comme il se doit d'exemples plus ou moins probants. Le chef de famille qui avait repris la parole afin d'être, comme le veut l'étiquette, le dernier à parler, avait conclu sa harangue par cette sentence qui normalement n'eût souffert aucune réplique : En un mot comme en cent, tu ne saurais refuser.

La jeune fille - puisque au grand désespoir de ses géniteurs, fille elle l'était encore, et de l'avis unanime de la parentèle, depuis bien trop longtemps - la jeune fille, donc, puisqu'ainsi il convient de la nommer, releva bravement les yeux pour énoncer cette formule calquée sur celle de son père, car la mâtine ne manquait pas d'insolence : Sauf votre respect mon Père, je ne saurais accepter.

– Quoi, ma sœur ! s'insurgea la benjamine - vingt-six ans à peine - un si beau parti ! Moi, je ne dirais pas non !

– Toi, tu partirais avec le premier venu, si seulement il voulait bien s'en présenter un, marmonna le puiné, la quarantaine plus que sonnée et lui aussi toujours célibataire.

– Silence, les enfants ! tonna le patriarche. Ce n'est pas le moment de vous quereller. Tâchez bien plutôt à convaincre votre sœur. Si nous parvenons à l'établir, les autres suivront et je trouverai à vous caser tous les onze, foi de moi, car seul coûte le premier pas. Mais pour l'heure, je vous rappelle qu'en sa qualité d'aînée, c'est à Léontine que ce rôle échoit.

– Pourquoi pas moi ? tenta la cadette, qui pour rien au monde n'eût avoué son âge.

– Tu n'es pas l'aînée, que je sache ! fit Quentin, dont la barbe commençait à grisonner.

– Et surtout, tu n'as pas été demandée, voilà pourquoi ! lui assenèrent d'une seule voix les jumeaux Sixte et Septime, trente ans au bas mot.

– Silence, la marmaille, éructa le père tout en appuyant l'injonction d'un viril coup de poing sur la table, lequel, pour avoir été mal visé, endolorit son poignet.

L'ordre paternel ne fut pas entendu, car à présent chacun des enfants y allait de ses récriminations et jérémiades, qui soutenu par tel frère ou cousin, qui par tel autre. Ce qui d'abord n'avait été qu'un vague murmure avait enflé jusqu'à se transformer en un grondement digne de l'infernal séjour.

Silence, hurla derechef le père excédé, en se gardant bien cette fois de frapper la table de sa dextre que sa senestre malaxait dans l'espoir illusoire de calmer la cuisante douleur.

C'est alors que, tel l'implacable destin, retentirent trois coups frappés par le heurtoir contre la lourde porte en chêne de la vénérable demeure.

C'est lui, gémit la mère qui jusque-là s'était tue, peu soucieuse d'intervenir dans ce qui promettait de tourner à la foire d'empoigne. James, souffla-t-elle à l'oreille du majordome - valet de chambre - valet de pied - jardinier - chauffeur et homme de peine lestement accouru, conduisez ce Monsieur dans le petit salon et servez-lui un rafraîchissement afin de le faire patienter. Faites-lui savoir que nous le recevrons dans un instant.

Les coups de heurtoir, bien mieux que les exhortations du pater familias, avaient su intimer silence à l'assemblée qui instantanément s'était figée comme autant de statues de cire. Aussi, le seul maître après Dieu profita-t-il du calme revenu pour résumer la situation : Mes chers, mes très chers enfants, et - s'adressant aux cousins - vous autres qui auriez pu l'être, car il ne dédaignait ni la plaisanterie, ni les formules un peu lestes voire franchement graveleuses, mes chers enfants, et vous, mes congénères de la génération déclinante, vous imaginez combien il m'en coûte... mais force m'est de reconnaître que nous n'avons plus rien, plus un rouge liard, nous sommes complètement désargentés pour ne pas user d'un terme plus malsonnant. Le toit est percé, les volets battent de l'aile, la chaudière tousse et récalcitre, le mur d'enceinte s'effrite, bref, la maison tombe en ruine et si nous ne nous ressaisissons pas, nous n'aurons plus bientôt dans nos assiettes que quelques misérables racines et autres infâmes rogatons. Or donc, Léontine, je te l'ordonne : en ta qualité d'aînée, sacrifie-toi. Le sacrifice d'ailleurs n'est pas bien grand. Il est bel homme, épris au point de t'épouser sans dot, et plus que tout, il jouit d'une belle fortune et ne manque pas d'espérances. Il ne lui reste qu'une tante deux fois canonique qui ne saurait tarder à trépasser. Ce jour-là, il sera non plus à l'aise comme ce jour d'hui, mais riche, ce qui s'appelle riche. Léontine, une dernière fois, je te l'ordonne et même - il n'alla pourtant pas jusqu'à joindre le geste à la parole - je te le demande à deux genoux : dévoue-toi pour les tiens.

– Non.

– Mais pourquoi ? s'exclama derechef la petite sœur, envieuse de nature.

– Il a soixante ans.

– Quinze de plus que toi, qu'est-ce ? Une paille ! fit la mère dont pas un cheveu encore n'était blanc, alors que le châtain de son mari était oublié depuis longtemps.

– Ta mère a raison, fit un vieil oncle qui venait d'épouser en quatrième noce une jeunesse de la campagne dont les seuls quartiers de noblesse étaient ses avantages pigeonnants - une mésalliance réprouvée dans un premier temps par le clan tout entier, mais bien vite pardonnée tant la nouvelle pièce rapportée se montrait accorte et peu farouche. Ce n'est pas son âge qui te rebute ! Qu'est-ce donc ?

– Il est petit.

– Quinze centimètres de moins que toi, qu'est-ce donc ? Une paille ! rétorqua la mère, vigoureusement approuvée par quelques tantes grandes et bien en chair pourvues de maris minuscules et maigrelets dont elles ne semblaient nullement se plaindre. Sans doute ces messieurs cachaient-ils quelques talents que la décence interdit ici de nommer.

– Allons, dis-nous enfin ce qui à tes yeux rend impossible cette union que nous appelons tous de nos vœux ? la supplia son cadet qui pour convoler eût donné jusqu'à son chien que pourtant il adorait, bâtard à l'oreille droite déchirée et l'œil gauche voilé d'une taie, mais qui pour le reste avait fière allure, cabot ramassé un dimanche qu'il revenait pédestrement de la maison où il avait ses habitudes à l'heure où le reste de la famille se rendait à complies.

– Il s'appelle Léon.

– De Courvel, oui, fit l'oncle Chrysostome. Et alors ?

– Jamais je n'unirai ma destinée à celle d'un Léon, d'un Léo, ni même d'un Léonard plus vieux et plus petit que moi. C'est une promesse que je me suis faite le jour de mon dix-huitième anniversaire et je ne saurais être parjure.

– Mais enfin, ce sont des enfantillages ! C'est on ne peut plus ridicule !

– Ce qui serait ridicule, Mère, c'est Léon et Léontine. Rien que d'y penser...

– Baste ! Si ce n'est que ça, tu n'auras qu'à le héler par son deuxième prénom. Symphorien, ce n'est pas mal, cela sonne même plutôt bien ! Très chic !

– Père, pardonnez-moi, mais je maintiens mon refus.

– C'est ton dernier mot ?

– Je n'ai qu'une parole.

– Ingrate ! Nous t'avons nourrie pendant quarante-cinq ans et toi… toi… La génitrice outrée, à deux doigts de s'étrangler ne put terminer sa diatribe.

– Tu n'as ni amour ni respect pour tes parents ? Soit, compléta le père. Mais dans ce cas, souviens-toi au moins de ce que tu dois à ton nom !

Un silence pesant régnait à présent autour de la table. Silence enfin rompu par la mère dont la respiration soulevait encore par saccades l'opulente poitrine : Finissons-en ! Et elle agita la clochette placée devant elle, ce qui fit accourir James : Faites entrer.

Léon de Courvel, en dépit de son âge, portait beau : petit, certes, mais mince et droit, carnation ivoirine, les favoris soigneusement teints tout comme son abondante chevelure frisée au fer, mise d'une élégance exquise, sans ostentation aucune. Dans une demi-pénombre on lui eût facilement accordé une ristourne d'une bonne dizaine d'années.

Le père se chargea de la douloureuse explication : Ils avaient tout essayé, il n'y avait rien à faire, Léontine refusait, on ne pouvait tout de même pas user de la force… C'était absolument désolant, mais il fallait prendre sur soi, se résigner… Cependant, s'il voulait Ernestine, elle était à lui… un peu jeunette, sans doute, mais consentante, elle au moins.

Le rouge qui avait envahi le front, les joues et le cou du prétendant fit craindre l'apoplexie. On agita devant son nez qu'il avait petit et fin un éventail, on lui offrit dans un verre de Bohème - ultime rescapé d'un lointain héritage - un cordial qu'il accepta, on avança un siège qu'il refusa. Madame s'apprêtait à envoyer quérir des sels, quand Léon l'arrêta d'un geste :

Laissez, Madame. La surprise est seule cause de cette rougeur, mais ce n'est rien. Voyez, déjà elle est passée.

En effet, son teint avait retrouvé son habituelle pâleur. À nouveau parfaitement maître de ses émotions, Léon inspira largement avant de se lancer : « Mademoiselle Léontine, pour l'heure, je prends acte de votre refus. Cependant, n'allez pas croire que je m'en tiendrai là. » Sur ces mots, il salua et sortit.

Qu'avait-il insinué ? Était-ce une menace ? Oui, sans doute... Allait-il l'enlever ? L'occire pour se suicider ensuite sur son cadavre encore chaud ? Autour de la table, les suppositions allaient bon train et déjà les cousins lançaient les paris. On se sépara tard dans la soirée après un dîner improvisé à partir des maigres restes du midi.

Le lendemain, en ouvrant les volets du rez-de-chaussée, James avisa le perron et poussa un cri perçant qui réveilla toute la maisonnée. Seule Léontine ne se montra pas. On l'appela, on fouilla en vain la maison de la cave au grenier, et le parc jusqu'au dernier bosquet. On se souvint alors des paroles sibyllines prononcées la veille par Léon de Courvel. On envoya sur le champ James s'enquérir du prétendant éconduit. Le lit de Monsieur n'était pas défait et il n'était pas rentré au matin. Comme Monsieur ne découchait jamais, les domestiques étaient fort inquiets.

On eut beau lancer des limiers aux quatre coins du pays, on eut beau espérer leur retour, ni Léontine ni Léon de Courvel ne reparurent jamais.

***

Certains soirs d'été, les parents de l'absente, après leur promenade vespérale qui consistait en quelques tours de pelouse, s'attardaient volontiers sur le perron où il faisait bon prendre le frais, et dont les côtés de l'escalier s'enorgueillissaient depuis la disparition de l'aînée, de deux lions de pierre se faisant face, la gueule grande ouverte comme rugissants et prêts à s'entredévorer.

– Saviez-vous, ma chère, que Monsieur de Courvel était sorcier ? questionnait pour la millième fois Monsieur qui depuis quelque temps rabâchait.

– Évidemment non, mon ami… Tout de même, ajoutait-elle invariablement, car elle aussi avait désormais tendance à se répéter, il aurait pu nous gratifier d'un couple, lion et lionne, mâle et femelle.

– Peut-être ne s'est-il souvenu que d'une partie de la formule…

– Probablement… En tout cas, cela nous en fait toujours une de moins à marier.

– Vous m'ôtez les mots de la bouche, ma mie. Plus que dix. Allons, nous finirons bien par les caser !

– Le ciel vous entende, mon ami !

– Tout de même, s'extasiait-il une fois de plus, reconnaissez que cela a fière allure… un duo léonin du plus bel effet !

– Certes, mon ami. Un mariage, même d'amour, n'eût pas mieux fait.

Halte-là !

Stanislas n'en avait jamais voulu. S'en méfiait depuis toujours. N'avait cessé de dire et de répéter à qui voulait l'entendre : Pas de ça chez moi !

Mais voilà qu'à force d'être raillé par ses camarades de tâche et même par ses voisins de cellule d'habitation qui tous en possédaient au moins un, il avait fini par céder. Il faut dire qu'il y avait été aidé : la veille, en rentrant, il avait tout trouvé sens dessus dessous. Après une première inspection, il avait constaté que rien n'avait été dérobé, ni même souillé ou abimé. Si ce n'est que ça, s'était-il dit, ce n'est pas bien grave. Et sans plus tarder ni même avertir la milice du quartier, il avait tout remis en place. Après quoi, une infusion de camomille, et au lit !

Il ne faisait pas encore jour quand, tout essoufflé, le cœur battant, il s'éveilla : Mon *Black Lotus* ! s'écria-t-il, et sa voix résonna dans la cellule - sans déranger qui que ce fût, puisqu'il y dormait seul depuis le départ de Maman au printemps dernier pour l'*Enclos des Personnes de Longue Expérience*.

En revenant après sa journée d'*Occupation Obligatoire*, pas plus pénible que les autres, mais usante tout autant - superviseur jamais content, camarades de tâche sarcastiques, bref, tracasseries quotidiennes auxquelles il n'était pas encore parvenu à ne plus prêter attention, mais qui ne le blessaient plus, du moins tâchait-il à s'en persuader - en rentrant la veille au soir, donc, il avait retrouvé ses *Magic* éparpillées sur le tapis du salon. Après avoir redressé les meubles renversés, il les avait rassemblées, reclassées et rangées comme il en avait l'habitude, sans se rendre compte que… son *Black Lotus* ! Son *Black Lotus* n'y était pas ! Comment avait-il pu ne pas s'en apercevoir ! Oh bien sûr, il ne jouait jamais avec ses cartes, cadeau de son grand-père à l'occasion de son admission dans la classe des *Éléments en Devenir.* Il ne comptait pas davantage les proposer aux enchères. Cependant il y tenait, et à son *Black Lotus* plus encore qu'à toutes les autres. Il l'aimait non pas tant pour sa valeur marchande estimée, que pour son dessin - fleur d'un bleu presque noir, aux pétales bordés de bleu plus clair se détachant sur un fond d'herbes sauvages vert tendre. Un graphisme d'une rare élégance qui depuis l'enfance le fascinait, le ravissait au point de le mettre en transe parfois.

Tout en sueur et tremblant de froid - les convecteurs, par souci d'économie décidé par décret, s'arrêtaient automatiquement dès vingt-deux heures pour ne se remettre en marche qu'à sept heures le lendemain - il quitta sa couchette, ouvrit le tiroir du bureau lui aussi hérité de son grand-père, cher grand-père, que ne lui devait-il pas… - prit les cartes rangées bien à l'abri dans leur étui, les en sortit, les étala, chercha… et ne put que constater ce qu'il savait déjà : *Black Lotus* avait disparu. Il en était convaincu désormais, sûr et certain, on le lui avait dérobé, volé, oui, volé ! Comment était-ce possible ? Qui savait ? Il n'en avait jamais parlé à personne, jamais parlé, non, jamais !

Le lendemain matin, la mort dans l'âme, il avait holojoint son supérieur pour lui demander la demi-journée à laquelle, comme tous ses camarades de tâche, il avait droit tous les six mois. Après quoi il s'était rendu au *Centre d'Achats*. Là, il avait choisi le modèle le moins onéreux - il n'était pas riche, oh non ! - et s'en était retourné en sa cellule, l'objet serré contre lui, protégé, caché sous sa vareuse comme il l'eût fait d'un petit animal trouvé dans la nature, si toutefois il s'était trouvé encore une nature, et dans celle-ci, des bestioles abandonnées.

La mise en marche était des plus simples. Il suffisait de dire *oui* à haute et intelligible voix, et l'objet était connecté, prêt à remplir ses fonctions, ou plutôt - sa maigre bourse ne lui ayant permis que l'acquisition du modèle le plus rudimentaire - sa seule fonction, qui était de surveiller l'entrée de la cellule pour en assurer la sécurité.

L'objet se fendit d'un large sourire puis, d'une voix de baryton léger, exigea de son maître qu'il le baptise comme la règle l'imposait.

Un nom pour un robot, et puis quoi encore ! grommela Stanislas, qui décidément aurait préféré, et de loin, naître un siècle plus tôt. Mais le bidule insistait : Je veux un nom ! Un nom pour moi ! braillait-il, désespéré.

– Bon, puisqu'il le faut. Flic, ça te va ?

– Ouais ! fit la chose. Flic, ça sonne bien ! J'aime ! Merci, Stanislas.

Car le robot domestique, une fois connecté, savait non seulement le nom de son maître, mais aussi ses goûts, tous les détails de son passé, et même ses rêves les plus secrets. Ce qui fit dire à l'heureux acquéreur : Ça promet !

Comme il était midi, Stanislas se mit en route. Pas question d'arriver en retard à son *Unité de Tâches*. Le superviseur n'aurait pas pardonné, ce qui à n'en point douter aurait, dans six mois, compromis sa prochaine demi-journée de congé.

Après une après-midi longue et terne, émaillée seulement par les quolibets habituels de ses camarades qui ce jour-là s'étaient lancés dans un concours de rimes des plus approximatives - Mais dans quel monde tu vis, Stani ? T'en as pas marre d'être ringard ? Coucou, t'es avec nous ? - il avait traîné le long des quais, pas pressé du tout de retrouver son nouveau colocataire qui exigerait sans nul doute qu'il lui fît la conversation.

Il finit pourtant par pousser la porte de sa cellule. Étalées sur le parquet, toutes ses *Magic*. Posé devant elles, comme en extase, un Flic hilare et exultant, dont la mimique joyeuse se transforma en rictus agressif à la vue de l'intrus : Halte-là ! On n'entre pas ! fit le gardien zélé.

– C'est moi, Flic ! C'est moi, Stanislas, ton maître !

– Arrière ! Pas de ça chez moi !

Stanislas pourtant, sûr de son bon droit, osa un pas.

Un éclair le transperça, qui le mit à terre.

Il eut le temps de voir Flic qui brandissait une carte. C'était *Black Lotus* : Elle était sous le canapé ! brailla le robot. Je l'ai retrouvée ! Elle est à moi ! Rien qu'à moi !

À moi, rien qu'à moi... Tels furent les derniers mots qu'entendit Stanislas avant de rejoindre, pour sa plus grande joie, son grand-père adoré dans l'au-delà.

Rhume contre caillou

L'Américain ne se sentait pas au mieux de sa forme : depuis le réveil, il avait usé un nombre impressionnant de mouchoirs.

– La grippe ? s'était-il inquiété.

– Rien qu'un rhume, avait décrété son épouse. Et qui ne t'empêchera pas de gérer les affaires du monde.

La dame, en effet, était de nature et d'humeur combatives et n'aurait en aucune façon toléré un mari diminué par un vulgaire coryza.

Le Russe n'était guère plus frétillant. Un éternuement tonitruant l'avait tiré du lit et depuis, son nez coulait sans relâche. Son épouse étant en villégiature en leur somptueuse datcha de l'autre côté de l'Oural, il n'eut pas le loisir de lui faire part de son souci, que comme à son habitude elle eût instantanément balayé d'un ironique : Hypocondriaque, va ! Occupe-toi plutôt des affaires du monde !

Or donc, les deux Grands en leurs présidentiels palais allaient éternuant, trompétant à l'envi, lorsque la nouvelle tomba : un météore que nul télescope n'avait su détecter arrivait droit sur la Terre. L'impact était imminent. L'objet céleste allait détruire la planète. Entièrement.

Bien sûr, on avait songé à cette éventualité, des spécialistes de renommée mondiale s'étaient penchés sur la question et avaient proposé des solutions plus farfelues les unes que les autres. L'une d'entre elles, moins abracadabrantesque, avait cependant été retenue : les missiles qui depuis belle lurette ne servaient plus aux guerres fratricides avaient été conservés dans le but de faire voler en éclats tout ce qui viendrait à menacer la Terre. La chose était parfaitement pensée, sauf qu'à présent, il n'était plus temps. Le monstre était bien trop près déjà, le bombarder à coups de projectiles nucléaires certes le pulvériserait, mais toute vie terrestre serait anéantie par la radioactivité des retombées.

Flanqués de leurs conseillers les plus proches, les deux Grands s'enfouirent dans leurs respectifs abris souterrains. Là, entre deux éternuements, chacun fit le numéro de l'autre, ce qui eut pour conséquence de faire sonner occupée la ligne d'en face. « De toute manière, à quoi bon ? se dirent-ils. Foutu pour foutu, autant s'en jeter un petit dernier derrière la cravate ! » Profonde pensée, aussitôt mise en pratique : flacons de vodka et de bourbon circulèrent, vivement asséchés.

Il fut décidé de part et d'autre de ne rien dévoiler aux peuples : la fin du monde était inéluctable, inutile de provoquer une panique préalable.

Les dirigeants chinois, japonais, africains et européens pestaient eux aussi contre l'écoulement nasal qui depuis le matin les taraudait. Instruits tout comme leurs illustres et non moins impuissants homologues, ils s'étaient eux aussi planqués en leurs abris, où ils éclusaient force godets, tandis que leurs administrés inconscients vaquaient à leurs quotidiennes occupations.

Inconscience qui fit long feu : déjà la rumeur - comment, par quelle indiscrétion ? - se répandait : dans une heure, c'en serait fait de la Terre.

C'est alors que tous, comme un seul homme, éternuèrent, et la force conjuguée de leurs souffles détourna de sa trajectoire le caillou meurtrier.

***

Sauvée, l'humanité ? La chose eût été possible, mais il eût fallu pour cela que mâles et femelles s'abstiennent pour un temps de se pourlécher. Or ils s'aimaient...

Fichu amour ! Ce fut le rhume qui l'humaine engeance décima.

Elle et moi

Il me semble que je l'ai toujours connue.

Peut-être sommes-nous nées en même temps, le même jour, à la même heure exactement. Peut-être même n'étions-nous qu'une, au tout début. Oui, c'est bien le souvenir que j'en ai : deux en une, ma sœur et moi, et seules. Oui, seules, elle et moi.

Et cette solitude, si l'on peut parler de *solitude* à deux, me convenait d'autant plus parfaitement que je ne savais rien d'autre que cela : elle et moi. Encore savoir est-il sans doute exagéré. Car que savais-je, en vérité ? Quelle véritable conscience avais-je de ma sœur et de moi-même ? Tout au plus une vague intuition de notre présence, de notre existence à toutes deux.

Lorsque nous avons été séparées - parce que oui, nous avons été séparées, c'était inéluctable - longtemps encore nous sommes restées seules, moi ici, elle là, mais toujours proches, très proches, nous n'aurions su être l'une sans l'autre. Seules, oui, mais ensemble, toujours. Moi, double d'elle ; elle, double de moi.

Après une longue période de troubles et de grands mouvements dont je ne conserve qu'un souvenir confus, nous avons connu une ère plus calme, au cours de laquelle nous eûmes le loisir de nous mieux découvrir et même, de commencer à nous apprécier jusque dans nos différences, qui n'étaient pas des moindres. Si nos caractères d'enfants se rejoignaient encore en bien des points, déjà nous manifestions nos sentiments de façon tout à fait personnelle. Quant au physique, nous avions beau être inséparables, il eût été impossible de nous confondre.

En grandissant, je devins coquette. Tandis que je passais mon temps à me parer, selon la saison, de mille couleurs différentes, toutes plus chatoyantes les unes que les autres - car oui, je l'avoue, j'ai toujours adoré les couleurs - ma sœur, beaucoup plus retenue que moi, mais aussi beaucoup plus imaginative, s'isolait pour concocter... quoi donc ? J'aurais été bien en peine de le dire, car elle œuvrait dans le plus grand secret. Curieuse comme je l'étais, je la questionnais, bien évidemment, mais en vain. « Tu verras le moment venu » était sa seule réponse. Quant à savoir quand le moment viendrait, mystère...

Or, un matin, elle m'annonça, très fière : Voilà !

J'eus beau regarder, je ne vis rien. Voilà quoi ? demandai-je.

– Tu ne vois donc pas ?

– Ben... non.

– Regarde mieux ! D'accord, c'est tout petit, mais reconnais que c'est prometteur.

– Et ça va servir à quoi ? fis-je, plutôt perplexe devant cette chose minuscule des plus étranges.

– Ça, je ne sais pas trop encore, mais ne t'en fais pas, ça viendra.

Et en effet, cela vint. Ces êtres - car il s'agissait bien d'*êtres*, comment les nommer autrement ? - d'abord peu nombreux, se mirent à proliférer. Ils l'envahirent, elle d'abord, moi ensuite, véritables parasites dont nous étions incapables désormais de nous débarrasser. Et ça nous grattait, et ça nous grignotait... une vraie calamité ! Réduites en esclavage, nous étions contraintes à servir sans relâche ni repos ces maîtres tout puissants qui allaient se multipliant, enflant et grossissant un peu plus chaque jour, puisqu'ils se nourrissaient de nous.

Et cela empira encore lorsque nos hôtes ô combien indésirables eurent découvert que nous présentions une particularité : en avançant toujours, il était possible de faire le tour de nous. Dès lors, nous n'eûmes plus un instant de paix ; de silence, encore moins. Et que je te sillonne, et que je te survole, et que je te piétine à force d'engins maléfiques.

Incapables de concevoir que bien qu'inséparables, nous étions deux, ils disaient *elle*, ces abrutis, en parlant de nous.

Bien évidemment, nous nous concertâmes. Il fallait trouver le moyen de nous débarrasser de ces maîtres abhorrés, faute de quoi nous ferions long feu, selon une de leurs expressions qui, si elle pouvait à la rigueur s'adapter à moi, ne convenait nullement à ma sœur. Mais bon, à force de les côtoyer, il avait bien fallu nous y faire, à leur stupide vocabulaire. Ne serait-ce que pour parvenir à décrypter quelques-unes de leurs intentions, si tant est qu'ils en aient eu, ce qui était loin d'être prouvé. À mon avis, ils avançaient plus volontiers au coup par coup et au gré du hasard, quitte à empiler les erreurs dont l'une d'elles, un jour, forcément se révèlerait fatale. Nous aurions pu nous contenter d'attendre tranquillement qu'advienne cette délivrance à laquelle nous n'aurions pris aucune part, mais cela risquait d'être encore bien long, et dans quel état nous serions-nous retrouvées alors, ma sœur et moi ? Non, mieux valait agir. Et vite.

C'est là que nous connûmes nos premières véritables dissensions. Bien évidemment, il nous était arrivé de nous quereller parfois, mais c'était pour des vétilles, par exemple lorsque de façon tout à fait délibérée, elle empiétait sur mon territoire. Mais cela ne durait jamais longtemps. Elle se retirait bien vite et tout de suite après, nous éprouvions toutes deux le besoin impérieux de nous réconcilier. J'étais aussi heureuse de pardonner qu'elle était soulagée d'être absoute.

À présent, notre mésentente était plus grave. J'aurais souhaité que nous alliions nos forces afin d'agir de concert, alors qu'elle prétendait se débrouiller seule, sans mon aide. Je tâchai de lui démontrer les dangers inhérents à son projet, rien n'y fit. La guerre était donc déclarée entre nos deux âmes de sœurs inséparables, devenues ennemies à la mort à la vie… Afin de lui résister au moment où viendrait l'assaut, je résolus de concentrer toutes mes forces au sommet de ma plus haute montagne.

Le désastre par elle programmé fut une réussite totale. Tous les êtres qui avaient peuplé cette planète furent exterminés en un rien de temps : une seule vague suffit. Quant à moi, ma montagne la plus haute ne l'était pas encore assez.

Ma sœur a pris la place, toute la place, la sienne comme la mienne. Je suis toujours là, mais invisible désormais.

Engloutie sous elle, écrasée par son poids de haine, j'attends. Prête à pardonner, comme toujours.

Les frères ennemis

Combien de fois, en ces temps désormais révolus, ne nous sommes-nous pas disputés !

Controverses aussi interminables que vaines, luttes verbales acharnées qui jamais ne décideraient qui, de lui ou de moi, aurait eu le dernier mot en menant à son véritable terme la mission contraire qu'apparemment tous deux nous étions fixée. Pour moi, il était évident que mon entreprise, qu'à juste titre - et très modestement - je qualifiais de *salvatrice*, avait pleinement atteint son objectif, puisqu'elle avait vu le jour. Pour lui, il était tout aussi certain que ce qu'il nommait pompeusement, d'où les majuscules qui le gonflaient, le faisant virer du bleu inoffensif au vert le plus menaçant : *Ma Langue d'Amour,* aurait dépassé, si seulement je l'avais laissé faire, les espoirs les plus fous.

Mais revenons à moi. Ah mon projet ! En vérité, il fallait être le génie que je suis pour y avoir seulement pensé.

La Terre allait mal, de plus en plus mal. Cela faisait quelques siècles déjà que tout se détraquait : le climat, les saisons, rien ne ressemblait plus à rien. Séismes et tsunamis, inondations suivies de sécheresses, côtes englouties, déserts dont nul ne se risquait plus à calculer l'étendue et moins encore à pronostiquer leur probable extension, famines, épidémies, bref, toute la kyrielle des catastrophes connues, auxquelles venaient s'ajouter des nouveautés dont, faute d'avoir su jusqu'alors les prévoir avec la précision nécessaire, le peuple n'avait jamais eu vent. J'entends par là : explosions solaires de grande amplitude, chutes de météores et autres calamités qui menaçaient désormais toute vie terrestre. Mais de cela, inconscients qu'ils étaient, la plupart des humains ne se souciaient guère. Non, ce qui les angoissait, ce n'était pas le climat qui se déglinguait, ni même les famines probables, non, c'était bien plutôt l'épuisement de certaine ressource dont ils n'imaginaient pas un seul instant se passer. Ah ! leurs machines volantes, leurs tubes rampants, leurs frêles esquifs flottants, et plus que tout : leurs véhicules à quatre roues dont certaines - voire toutes - motrices, dans lesquels ils se déplaçaient quotidiennement, chacun seul, seul à pleurer, encombrant leurs routes, empuantissant leur atmosphère, trouant leur ozone ! Oui, oui, ce sont bien elles, ces automobiles auxquelles ils tenaient plus même qu'à la prunelle de leurs yeux, c'est l'idée de leur perte inévitable qui les affligeait le plus. Car oui, la fin du carburant qui permettait à leurs engins motorisés de se mouvoir était désormais inéluctable.

Lorsque la pénurie - doux euphémisme politique pour ne pas dire encore le pire à venir - fut annoncée, la terreur des Terriens ne tarda point à se transformer en révolte désespérée, allant jusqu'aux suicides individuels ou collectifs organisés chaque fin de semaine et chaque été sur ce qu'ils nommaient alors *autoroutes*.

Ces abrutis ! Je ne peux tout de même pas les laisser se flinguer tous jusqu'au dernier, songeai-je. Et c'est alors, fort de cette réflexion on ne peut plus profonde, oui, c'est là que je décidai d'intervenir. Et naturellement, c'est à ce moment précis que l'idée lui vint de venir frapper à ma porte. Enfin, *à ma porte*, c'est une façon de dire, n'est-ce pas, parce que chez moi, les portes... Mais bon, c'est bien à cet instant-là qu'il vint interrompre ma méditation.

– J'ai une idée, me dit-il tout de go. Et ses postillons, comme à chacune de ses visites, éclaboussèrent mon sweet home du sol jusqu'au plafond.

– Ah bon ? fis-je par pure politesse, histoire qu'il ne me reproche pas une fois de plus ma froideur à son encontre et mon désintérêt pour toute proposition émanant de lui. Ah bon ? fis-je donc.

– Oui, dit-il, et là, il se gonfla, plus vert que jamais.

– Et laquelle, d'idée ? On peut savoir ? m'enquis-je tout en épongeant mon visage dégoulinant.

– Les créatures arrivent au bout du bout. Alors, autant leur éviter les affres de l'agonie.

– Et tu proposes quoi ?

– Un raz de marée général - ou un tsunami comme ils disent maintenant - et on n'en parle plus. Après quoi, si tu y tiens vraiment, on pourra toujours faire un nouvel essai. Moi, je ne suis pas pour, mais comme je te connais...

– Tu les exterminerais ?

– Et pourquoi pas ? Je génère la vie, je la détruis... C'est mon rôle, après tout.

– Sans doute, sans doute... fis-je, histoire de temporiser. Mais tu ne t'étonneras pas si je te dis combien ces méthodes expéditives et radicales me rebutent.

– Toujours la tête dans les nuages ! Quel éternel romantique tu fais !

– Gausse-toi ! N'empêche que je pense avoir trouvé mieux.

– Mieux que l'éradication pure et simple de l'humain de la surface de cette misérable sphère ? Je serais curieux de voir ça !

– Un circuit.

– Un quoi ?

– Un circuit où ils pourraient rouler pour l'éternité.

– Ah ouais ? Et avec quel carburant ?

– Le mien.

– Le tien ?

– Et le tien aussi, si le mien venait à ne pas suffire.

– Le mien ? Mais je n'en ai pas...

– Mais si ! Moi, je fais le tonnerre, et toi, tu fais les vagues. À nous deux, sûr qu'on leur en donnera, du carburant. Assez en tout cas pour rouler sur les rails de la merveille que je m'en vais de ce pas leur faire construire.

– Mais un circuit, ça tourne en rond, non ?

– Et alors ?

– Ils iront où ? Nulle part ! Tu vois bien qu'elle ne vaut rien, ton idée de génie.

– Parce qu'ils vont quelque part, tous ceux qui roulent ?

– Non, c'est vrai, la plupart du temps, ils tournent bêtement en rond pour passer le temps, ou alors, ils font des allers-retours.

– Tu vois bien.

– Ouais…

– Alors, on le leur fait construire, ce circuit ?

Et là, pardon d'y revenir, mais c'est que j'y tiens un peu tout de même : c'est bien moi qui l'ait eue, l'idée. Parce que lui, hein, si je l'avais écouté, une bonne grosse vague, et puis hop, plus personne ! *Langue d'Amour*, qu'il disait. Tu parles ! Et si j'ai dit : « *On* le fait, ce circuit ? » c'était juste pour pas trop le vexer. Parce que plus susceptible que lui, difficile d'en trouver. Il aurait bien voulu poursuivre la diatribe, mais comme il était à court d'arguments, il lui fallut bien se rendre aux miens. Aussi ne tardai-je pas à instiller dans le cerveau perméable de l'un de leurs meilleurs ingénieurs, l'idée de ce circuit géant. Idée qu'il proposa sans surseoir à ses supérieurs, qui en firent part au gouvernement mondial d'alors, qui confia l'affaire aux élus mondiaux du moment, qui, n'ayant rien trouvé de mieux, adoptèrent le projet à l'unanimité moins une voix - maudit anarchiste de service !

Le circuit géant fut construit en un rien de temps. Lorsqu'ils ont un but précis, les humains sont capables de battre des records, cela, je suis bien obligé de le reconnaître. Ils y apportèrent même quelques améliorations auxquelles je n'avais pas pensé, telles des montées et descentes faramineuses destinées à faire naître en leurs entrailles de fort agréables gratouillis qu'ils accueillaient avec jubilation, les accompagnant à l'occasion de cris stridents et hurlements variés. Une réussite parfaite ! L'humanité à qui j'avais offert ce déplacement non plus quotidiennement pendulaire mais circulaire et sans fin, était sauvée. Désormais, les Terriens naissaient, grandissaient, étudiaient, travaillaient, se nourrissaient, copulaient, se divertissaient, en un mot : vivaient, sans plus jamais quitter leur engin familial qui tournait et tournait sur les rails du circuit parfaitement conçu et idéalement aménagé à cet effet.

Je pouvais désormais m'en retourner à mon activité préférée. Doux sommeil interrompu seulement par les visites intempestives de l'autre fou furieux, qui se refusait toujours à admettre que mon idée avait été la bonne, et que la sienne ne valait pas tripette. D'où nos stériles discussions qui ne prenaient fin que lorsque d'un immense bâillement, je le chassais hors de ma demeure, dans laquelle il lui aurait de toute manière été néfaste de séjourner plus longtemps, l'air vivifiant de la montagne ne lui ayant jamais rien valu.

Cependant, un beau jour - ou peut-être une nuit - je m'éveillai d'une sieste un brin plus longue qu'à mon ordinaire. Aussitôt, par habitude, je jetai un coup d'œil sur mon cher circuit. Et là, horreur ! Il était bien là, mais dans quel état ! Et ce silence... Où étaient donc passés les Terriens ? J'eus beau zyeuter, je n'en pus apercevoir aucun. Seul vestige d'une gloire passée, le fronton de l'entrée principale et unique du site portait encore, en lettres jadis rouge passion aujourd'hui oxydé en un brun terne délavé, le nom de ma création. J'avais approuvé le choix des humains au moment du baptême, car ces deux termes accolés - *Cool Zone* - annonçaient fort bien la plénitude qui désormais serait leur lot. À présent, en l'absence de toute vie, ils évoquaient bien autre chose...

C'est alors qu'au sol, dans un étrange récipient dont je n'avais pas souvenir, je vis miroiter à la faveur du soleil qui tâchait à se faufiler entre deux nuages, un reste de ce qui sans nul doute avait provoqué le désastre : un liquide limpide et bleu.

Immédiatement, je compris : ainsi, il avait profité de mon amour immodéré du sommeil pour atteindre son but, lui aussi !

En ma qualité de chef incontestable et incontesté du royaume d'en haut, je le convoquai sans plus tarder. Ah le salaud ! Il allait voir ! Il allait m'entendre ! Non mais !

Il n'avait pas franchi mon seuil que je me mis à hurler, fou de rage et tonnant plus fort que jamais : « Hors de ma vue, infâme ! Hors de ma vue à tout jamais, immonde scélérat ! »

D'un coup de mon divin pied assené au bon endroit, tout comme avait fait mon irascible épouse à l'un de nos fils un jour que pour une vétille ils s'étaient trouvés en désaccord, je l'envoyai bouler au pied de ma montagne. Et pour faire bonne mesure, j'ajoutai : « Parole de Zeus, tu n'es plus mon frère ! Sois maudit, Poséidon ! »

La sieste sacrée

Ils semblaient perdus dans ce désert. De temps à autre ils s'arrêtaient, le temps d'éponger leur front en scrutant l'horizon au loin. Comme ils ne voyaient rien, jamais rien, ils se remettaient en marche. Au bout de quarante jours et autant de nuits sans repos ni sommeil, ils finirent par s'affaler sur trois grosses pierres, exténués. Le silence, entrecoupé seulement çà et là par quelques profonds soupirs, commençait à se faire pesant, lorsque…

– Ça me rappelle quelque chose, dit le premier en agitant devant son visage brûlé un antique casque de cuir orné d'une étoile.

– À moi aussi, fit le second en posant sur ses genoux sa couronne de ronce sauvage qu'enjolivait une croix dorée.

– Forcément, les déserts, ça nous connaît, renchérit le troisième, tâchant à protéger du soleil de plomb son crâne dégarni en le couvrant d'un cheich élimé que tentait d'enorgueillir une broche en forme de croissant de lune argenté.

– Sauf qu'à ce moment-là, je n'étais pas seul, dit l'aîné.

– Parce que nous, on pue le pétrole ? s'insurgea le cadet.

– Arrête, avec ton pétrole, tu veux ? le rabroua le plus jeune. Elles sont blessantes, tes allusions ! Pas drôles du tout !

– La ferme, petiot ! lui intima l'ancêtre.

– Petiot ? J'ai vécu bien plus vieux que Jésus, j'te f'rai dire !

– Peut-être, mais tu es arrivé bien après nous. Alors, tu la boucles.

Le vertement tancé tourna alors le dos à ses compagnons pour bien leur signifier à quel point il était vexé.

– Allons, Mahomet, ne boude pas ! Tu le sais, qu'on t'aime bien !

– Laisse-le, Jésus. Ça lui passera. Ça lui passe toujours.

Pour toute réponse, le boudeur se mit à marmonner en sa barbe, qu'il avait fort longue, quelque inaudible récrimination.

– Comprends pas, tu peux répéter ? fit le cadet.

– Laisse-le, je te dis. Il fait sa mauvaise tête, comme toujours. Tête de cochon ! lança Moïse en guise de plaisanterie à l'adresse du marmonneur.

– Ah non ! Pas "cochon" ! Ça, tu n'as pas le droit ! s'insurgèrent les deux autres.

– Ce que vous pouvez être susceptibles !

– On n'est pas susceptibles, rétorqua Jésus. Mais même si c'est plus la mienne, la loi, c'est la loi. Et c'est la tienne, j'te rappelle !

– Ouais ! La loi, c'est la loi, c'est comme ça ! fit le benjamin dont la voix tonitruante résonna comme un écho dans le désert brûlant.

– Jeunesse, jeunesse ! Tout feu tout flamme, hein ? Mais vous finirez bien par apprendre à mettre de l'eau dans votre vin.

– N'importe quoi ! Moi, de l'eau dans mon vin, j'en mets jamais. Bien au contraire : l'eau, je te la prends, et je te la transforme. En vin ! Et toc !

– Ni vu ni connu, j't'embrouille, hein ? se moqua le jeunot.

– Pas du tout ! Je fais des miracles, moi, Môssieur ! Voilà, ce que je fais, moi. Alors que toi...

– Moi, j'ai su rester comme eux. C'est toute la différence.

– Comme moi, tu veux dire ? demanda Moïse. Humain ?

– Parfaitement : Humain ! fit Mahomet en écho.

– Et ça vous fait une belle jambe, à tous les deux, fit Jésus en regardant ses pieds qui après deux millénaires peinaient encore à cicatriser.

– Ouais ! soupira Moïse. Ça, tu peux le dire...

– Pourquoi ? Parce qu'ils s'embrouillent, là-en bas ? C'est pour ça que vous dites ça ? s'enquit le plus jeune.

– Ils s'embrouillent ? Pour les euphémismes, y'a pas plus fort que toi, Mahomet !

– Parce qu'avant, ils s'embrouillaient pas, peut-être ?

– Ouais... Mais ça, c'était avant. On n'est plus au temps des croisades.

– Tu rigoles ou quoi ? Et près du Jourdain, et en Afrique, et même en Europe pas plus tard que tout de suite, ils font quoi, d'après toi ?

– Il n'a pas tort, le petit. Les humains sont comme ça : toujours prêts à se foutre sur la gueule pour un oui pour un merde.

– Et vulgaire, avec ça, l'ancêtre... Moi, la vulgarité, je supporte pas.

– Chochotte, va ! lâcha Mahomet en lançant un joli crachat verdâtre qui manqua de peu la sandale de l'insulté.

– Chochotte, moi ? Et celle-là, tu la veux ? fit ledit insulté prêt à bondir.

– Suffit, les jeunes ! Vous n'allez pas vous battre comme eux, quand même ! Il ne manquerait plus que ça... Ce serait le pompon ! Surtout toi, Jésus, ça ne te ressemble tellement pas...

Le chantre de la non-violence baissa le nez, montrant ainsi à son aîné qu'il acceptait la remontrance on ne peut plus méritée.

– On discute, c'est tout, l'appuya un Mahomet contrit et repentant, les yeux baissés en signe de solidarité avec celui pour qui un instant auparavant il n'éprouvait que mépris.

– Remarquez, moi, la castagne, je détestais pas. Ah ! C'était le bon temps !

– Quoi ? Les déluges d'eau et de feu ? Les statues de sel ? L'inceste ? Œil pour œil, dent pour dent ? C'est ça que tu appelles le bon temps ?

– Ben quoi, répondit le vieux... y'avait de l'action, au moins.

– Parce que maintenant, il n'y en a plus, de l'action ? fit Mahomet, un rien sarcastique.

– C'est pas ce qui manque, c'est bien vrai... Mais moi, voyez-vous, j'aime pas trop ça.

– Oui, oui, toi, c'est l'AMOUR. On le saura !

– Et alors, qu'est-ce que tu as contre l'amour, Mahomet ? C'est pas beau, l'amour, peut-être ?

– L'amour, c'est un truc de gonzesses, lâcha Moïse, dédaigneux. C'est à se demander si tu es bien le fils de ton père... Lui au moins, la guerre et les massacres, il aimait ça ! Il est où, d'ailleurs ?

– Ouais ! fit Mahomet en écho. Où il est, ton père ? Qu'est-ce qu'il fait ? Il fait quoi ? Et sa voix vibrante d'inquiète émotion remua jusqu'en leur cœur toutes les pierres des environs.

– Il fait sa sieste, vous savez bien.

– Une sieste qui dure depuis près de deux mille ans, c'est plus une sieste, fit très judicieusement remarquer le Prophète.

Moïse s'apprêtait à nuancer la pensée de son jeune ami, lorsque celui-ci lui coupa l'herbe - ou plutôt le caillou - sous le pied :

– L'aurait pas claqué, des fois ?

– Mahomet ! Comment peux-tu seulement penser pareille horreur ! Il est éternel, je te rappelle. L'Éternel, il ne claque pas !

– C'est vrai, Moïse. J'oubliais. Pardonne-moi, fit le jeunot tout contrit.

– Éternel, oui... Pourtant... quand j'étais sur ma croix...

Les deux autres qui ne connaissaient que trop les coups de blues du sacrifié, entreprirent de le consoler : Arrête de ressasser ! C'est de l'histoire ancienne, tout ça.

– N'empêche ! Il me répondait plus. Aux abonnés absent, comme ils disent là en bas, maintenant.

– Il avait déjà entamé sa sieste, probable... tenta Moïse.

– Mais oui ! Sa sieste ! fit l'autre en écho. Sa sieste, c'est sacré, tu sais bien !

– Et si on le réveillait tout de même ?

– Tu n'y penses pas ! Le courroux de ton père, c'est quelque chose, j'te rappelle !

– Moi, murmura de sa voix tonitruante le plus jeune, je serais assez d'avis de faire comme dit Jésus. Parce que nous autres, tout prophètes et fils de Lui qu'on est, on a beau faire, on n'arrive à rien. Tenez, moi : le ménage dans mes fichus vieux textes, le ménage dans mes mosquées, j'ai essayé, j'y arrive pas. Il y en a bien quelques-uns de chez moi qui font ce qu'ils peuvent, mais ça n'a pas l'air de servir à grand-chose : personne les écoute, on les entend pas.

– Pareil pour moi. Mon pape, il est bien gentil, mais quand il dit que la liberté s'arrête là où commence la foi, il fait tout rater encore une fois.

– C'est bien vrai, reconnut Moïse. Et les miens ne valent pas mieux. Certains au bord du Jourdain ne demandent qu'à vivre avec les tiens, Mahomet. Oui, ceux-là aimeraient bien pouvoir vivre ensemble et en paix, mais ils ne sont de loin pas les plus nombreux.

– Alors, on le réveille, le patron ?

– Et puis non, finalement.

– Quoi : Non ? Tu te dégonfles ?

– Me cherche pas, hein ! On ne le réveille pas, un point c'est tout.

– Et pourquoi on le réveillerait pas, s'il te plaît, Môssieur le fils de Lui ?

– Parce que !

– C'est une réponse, ça !

– C'est la mienne.

– Et alors, on fait quoi, à la place ?

– Rien. On ne fait rien.

– Rien ? s'étonna Moïse.

– Rien du tout ? fit Mahomet en écho. Tu déconnes, là...

– Je ne déconne jamais.

– Mais faut bien qu'on fasse quelque chose, tout de même ! psalmodièrent en chœur les deux déçus.

– Si vous y tenez vraiment...

– Pour sûr qu'on y tient !

– C'est Mahomet, tout à l'heure, avec sa question, qui m'a donné l'idée...

– Une idée ? Quelle idée ? questionna Moïse.

– Oui, oui, quelle idée ? reprit Mahomet.

– On pourrait dire qu'il est mort.

– Mort ? s'écria un Moïse médusé.

– On ne serait pas les premiers. Mais peut-être que si ça vient de nous...

– Tout à fait mort, tu veux dire ? fit en écho un Mahomet frissonnant par anticipation de sainte terreur, rien qu'à l'idée du divin courroux qui sans nul doute allait s'abattre sur lui.

– Ouais ! On leur dit ça, et en même temps, on fait savoir partout que c'est plus la peine de se taper dessus en son nom, que s'il est mort, ils n'ont plus qu'à se tolérer les uns les autres à défaut de s'aimer. Et même, s'ils pouvaient s'aimer vraiment, ce serait pas plus mal, vu qu'ils seraient enfin tous pareils : sans Lui, sans rien, juste eux, la terre, la mer, le ciel bleu et vide, heureux mortels pour les siècles des siècles et amen.

– Mais on ne peut pas faire ça !

– Non, ça, on ne peut pas ! brama le terrorisé et l'écho de sa voix alla se fracasser contre les pierres pour revenir multiplié en mille éclats.

– Bien sûr, qu'on peut ! C'est même Lui qui m'a donné la permission, j'vous f'rai savoir. Le libre arbitre, c'est comme ça qu'ils disent, là en bas.

– Connais pas, fit Mahomet, laconique.

– Moi non plus, approuva l'autre.

– Évidemment, c'est un concept un peu nouveau pour vous deux...

– Dis tout de suite qu'on est des cons ! fit le jeunot.

– Ou des vieilles badernes ! renchérit l'ancien.

– Mais non ! Libre arbitre, moi non plus, je sais pas trop ce que c'est... mais on pourrait peut-être appeler ça "Liberté" tout court : liberté pour tous de croire ou pas.

– T'es fou, toi !

– Le fils de Lui est devenu fou ! gronda l'écho mahométan, et les cailloux du désert, du plus petit au plus gros, tous jusqu'au dernier, se mirent à trembler.

– Pas du tout, fit Jésus. Et d'un seul geste de sa main trouée, il apaisa tout en même temps ses collègues et les pierres du désert. Pas du tout, répéta-t-il. Et ma liberté à moi, c'est de dire qu'il n'existe plus. Et même, si je veux, qu'il n'a jamais existé. Et pour bien souligner l'importance de son propos, il ajouta : « Na ! » en frappant de sa sandale usée jusqu'à la corde le sol brûlant.

– Et ils feront quoi, sans lui ?

– Oui, sans lui, ils feront quoi ? répéta l'écho susnommé.

– La même chose, sans doute, répondit le fils de Lui... Ils s'étriperont pour d'autres raisons. Les raisons, c'est pas ce qui leur manque, là en bas... Mais au moins, ce ne sera plus en notre nom. Ni en son nom à lui non plus. Parce que j'en ai ma claque, de tout ça, pas vous ? Moi aussi, je me ferais bien une sacrée sieste de deux mille ans.

– Pareil pour moi, reconnut Moïse.

– Ça me fait peine, mais bon... T'as raison, Jésus : laissons-les se dépatouiller tout seuls. Je suis fatigué d'eux, moi aussi.

Jésus lança à ses compagnons d'éternité un clin d'œil entendu.

– Ici, en plein désert ? demanda Moïse.

– Pourquoi pas ?

– Après tout... ici ou ailleurs, soupira Mahomet que la lassitude rendait philosophe.

– Alors, on dort ? proposa Jésus.

– On dort, par Yahvé !

– Amour et Paix sur l'humanité, ça va de soi... mais bon sang de bois, pour l'heure je dors, inch'Allah !

Et si les lendemains chantaient ?

Si, mais…

La cloche venait de sonner. Les fumeurs s'étaient précipités les premiers, les autres les suivant de près, pas question de rater ne serait-ce qu'une seule minute de récré. Moi aussi, je serais bien allée vapoter un peu de l'autre côté de la grille, en cherchant des trèfles à quatre feuilles, trèfles que je rassemblais en bouquets et dont j'ornais les bouquins du CDI, les classeurs administratifs de la salle des profs, que j'offrais aux collègues qui ne savaient plus qu'en faire, et même aux élèves qui, polis et bien élevés, n'osaient pas refuser. Je me disais qu'après cette heure de cours particulièrement chargée en émotion, j'aurais droit à une journée banale, presque de routine, puisque mes autres classes, je les avais déjà vues la veille et l'avant-veille, quand on frappa à la porte. Machinalement, je dis : Entrez ! Pendant quelques secondes, je me demandai à qui pouvait bien appartenir cette tête brune et bouclée. Une parfaite inconnue. Ou bien ? Mais non, c'était Aïcha, Aïcha que je ne reconnaissais jamais, tant elle restait silencieuse et transparente tout au long de mes cours.

– Je peux, Madame ?

– Bien sûr, mais ta récréation ?

– J'ai une heure de perm, après. Et… il faut que je vous parle, Madame, c'est très important.

– Très important ?

Elle hésita un long moment, puis :

– Important, en tout cas. Enfin, je veux dire... important pour moi.

– Eh bien vas-y, je t'écoute !

– C'est pas nous, Madame ! C'est pas nous !

– Bien sûr, Aïcha. Bien sûr, ce n'est pas vous. Vous n'y êtes pour rien. C'est eux, dis-je en montrant sur l'écran que je n'avais pas encore éteint, le mot *intégristes* qui s'affichait sur la Une de Charlie que nous venions d'analyser. Et je répétai, en martelant bien chaque mot : Vous, vous n'y êtes pour rien ! Je ne l'ai pas dit et redit, tout à l'heure ?

– Oui, vous, vous le savez, mais les autres... Tous, ils vont dire que c'est nous, qu'on est tous pareils.

– On en a parlé : c'est exactement ce qu'ils veulent. Ils n'attendent même que ça : que le fossé se creuse entre les communautés, que grandisse la haine. Mais on ne les laissera pas faire. On va se serrer les coudes.

– Ça m'étonnerait. Ceux d'ici, ils vont voter encore plus pour le FN. Voilà ce qu'ils vont faire.

– Parce que tu n'es pas d'ici, toi aussi ?

– Si, mais...

– Ce « si, mais » Aïcha, ça aussi, c'est ce qu'ils veulent. Ou du moins ceux qui les endoctrinent. Parce que les tueurs, eux, ça m'étonnerait qu'ils pensent beaucoup. En tout cas, pas par eux-mêmes...

– Il y en a deux de chez moi qui sont partis. Deux que je connais, on était ensemble en primaire et puis au collège aussi. On n'a plus de nouvelles. C'était les derniers de la classe. Après, ils ont fait des trucs moches, les vols, la drogue et tout ça... et ils sont allés en prison. Pas longtemps, mais quand ils sont sortis ils n'étaient plus du tout pareils. On a tous compris...

– C'est souvent dans les prisons que ça commence, en effet...

– Et nous, on est là, et on ne peut rien faire. C'est ça le pire : on ne peut rien faire, on a juste peur. Peur des fous de chez nous, peur des enragés d'en face. Ils taguent les portes des mosquées. Et vous avez vu ? Un urgentiste a trouvé devant sa porte un sac de... avec une oreille de porc dedans.

– Oui. Mais ça ne veut pas dire...

– Oh si, ça veut dire ! Et vous le savez bien.

– C'est justement contre ça qu'il faut qu'on soit ensemble. Pour empêcher la haine.

– Oui, oui... mais c'est la même chose des deux côtés. C'est ça, le plus terrible. C'est ça que je ne supporte pas. Vous avez bien entendu Mehdi, tout à l'heure, quand il a dit qu'ils l'avaient bien cherché, ceux de Charlie, et même ceux du kasher. Juste parce qu'ils sont juifs... Et s'il y a parfois des musulmans dans le lot, tant pis, c'est des dégâts collatéraux. Je me demande bien d'où il le tient ce mot, il n'apprend jamais aucune leçon... Ça m'a donné envie de vomir. Mais vous lui avez bien répondu.

– J'ai essayé...

– Mehdi, c'est une tête dure, et il n'est pas le seul. Mais vous, vous avez très bien répondu. Et surtout, vous avez bien expliqué.

– Mais toi, de tout ce qui a été dit, tu en penses quoi ? Tu n'as pas ouvert la bouche une seule fois pendant le cours.

– J'ai pas voulu, parce qu'après...

– C'est Ahmed qui te fait peur ?

– Peur, non...

– Il n'a rien dit, lui non plus. Mais ce n'était pas comme toi. Lui, il n'a pas levé les yeux, je n'ai pas croisé une seule fois son regard.

– ...

– Il ne va pas s'abaisser à discuter avec un prof, surtout si c'est une femme, c'est ça ?

– Il fait le malin, c'est surtout ça... Il veut faire croire qu'il réfléchit, qu'il a des idées à lui, alors que quand on le connaît...

– Mais toi, qu'est-ce que tu penses, toi ?

– C'est sûr que dans un sens, je suis d'accord avec eux. Moi aussi, ça me choque, ces dessins, le Prophète, on doit pas y toucher, c'est interdit. Et la Palestine, et tout ça, les Juifs, ils n'ont pas le droit de faire ce qu'ils font. Mais j'irais pas tuer ceux qui dessinent ces horreurs, et j'irais pas tuer les Israéliens non plus. J'irais tuer personne, de toute façon. J'ai beau dire que je suis pas tout à fait d'ici, je suis tout de même française. Et en France, on est libres. On n'est pas d'accord, on le dit, mais on ne tue pas. Je ne serai jamais d'accord avec le blasphème, ça non, et même, ça me met en colère, c'est normal, c'est ma culture. Mais la colère, c'est pas la haine. Moi, la haine, je peux pas. C'est pas dans ma nature. La colère, oui, mais la haine et la violence, non. Jamais. C'est pas pour moi. J'aime mieux qu'on parle. Même si on se comprend pas toujours.

– C'est vrai que parfois, j'ai l'impression qu'on a beau faire... Chacun campe sur ses positions. Pourtant, je continue à penser que les mots, ça peut, ça doit servir à quelque chose.

– C'est pour ça que vous êtes devenue prof, non ?

– Oui, c'est pour ça aussi...

– Maintenant, c'est surtout pour ça. Et quand vous parlez, moi, j'ai l'impression de comprendre. Pas toujours tout, mais la plupart du temps, j'ai l'impression de comprendre.

– Pourquoi tu ne poses pas de questions, quand tu ne comprends pas ?

– Pour pas retarder le cours. Et parce que je n'ose pas toujours. Et puis, de toute façon, je comprends l'essentiel. Par exemple, quand vous nous avez expliqué la tolérance, tout à l'heure. Je crois que j'ai compris.

– Tu peux me le dire, ce que tu as compris ? Tu peux me le dire, avec tes mots à toi ?

– Je suis pas tout à fait sûre, mais...

– Vas-y, Aïcha ! Dis-moi comment tu as compris, toi.

– C'est... C'est facile de tolérer quand on est d'accord. C'est plus difficile quand on ne l'est pas. Mais c'est là que ça devient beau, justement. Et puis nécessaire, surtout. Sans quoi on aura toujours peur les uns des autres, on se détestera de plus en plus, on ne pourra plus du tout vivre ensemble. C'est bien ça ?

– Mais oui.

– Et je crois que j'ai compris aussi quand vous avez dit que c'est parce qu'on a le droit de faire des dessins comme ça, ou d'autres choses, que tous, on est libres d'avoir la religion qu'on veut.

– Ou pas de religion du tout.

– Ça, pour moi, c'est un peu plus difficile à comprendre, mais bon… pourquoi pas… Mais vous voyez, j'ai à peu près compris…

– Très bien compris, même. Mais toi…

– Moi ? Je vous l'ai dit : la haine, je supporte pas. Alors, je suis bien forcée d'être d'accord avec vous. Même si être tolérante, ça me coûte parfois. Même si j'y arrive pas toujours. Je suis d'accord parce que si on n'est pas tolérant, on va droit à la guerre. Et la guerre, moi, j'en veux pas.

– Et ta famille, et tes copains, vous en parlez ensemble, de tout ça ?

– Pas souvent.

– Mais quand vous en parlez ?

– Certains pensent comme moi, d'autres pas.

– Tous ne sont pas croyants, tout de même ? Il y a forcément des athées, comme partout…

– Des qui croient pas, dans mon quartier, j'en connais pas… La plupart sont des *modérés*, comme vous dites. Mais en général, les modérés et les autres, ils sont tous plutôt d'accord pour dire que le Prophète est sacré, que la religion, on n'a pas le droit de s'en moquer. Rien que le dessiner, le Prophète, c'est déjà un blasphème, alors les caricatures, vous pensez… Et ils disent que ceux qui se moquent doivent être punis. Pas forcément comme maintenant, non, mais punis, oui.

– La censure, c'est ça ?

– Oui. Et s'ils le font quand même : le procès, les amendes, et même la prison et les coups de fouet qui vont avec.

– Pardon ?

– Faites pas semblant d'être étonnée, Madame. Vous le savez bien, comment ils sont. Ils n'ont pas tous vraiment compris comment elle fonctionne, la France... Et même s'ils ont compris, ils n'en veulent pas. Liberté de pensée, liberté d'expression, ils n'aiment pas ça. En somme, ils ressemblent à ceux du FN, mais ils ne le savent pas.

– Et cette conclusion, tu y es arrivée toute seule ?

– Avec ce que vous avez dit : les extrêmes, et tout ça... Et puis vous savez, c'est pas parce que je fais plein de fautes, que je suis bête.

– Je n'ai jamais dit que tu étais bête, Aïcha.

– Vous, non. Mais les autres profs, des fois... Parce que je suis nulle à l'écrit, c'est pour ça. Mais ça m'empêche pas de réfléchir.

– Oh ! non, ça ne t'empêche pas !

– Et là, j'ai réfléchi. Je peux vous dire ce que j'ai pensé ?

– Vas-y !

– Le projet, qu'on a, cette vidéo sur la violence faite aux femmes...

– Eh bien ?

– Si on la faisait plutôt sur... je sais pas...

– Pas sur la violence ?

– Si, si, mais autrement. Pas que sur les femmes. Sur la violence à cause de l'intolérance, justement. Mais pas que la religion. Toutes les intolérances. C'est un peu vague, je sais bien, mais...

– Si on en discutait en classe ?

– Oui, mais vous ne direz pas que ça vient de moi, n'est-ce pas ?

– Pourquoi ?

– C'est mieux si ça vient de vous...

– Je vais y penser...

Aïcha allait pour sortir quand on frappa à la porte. De tout petits coups bien polis, mais je la vis blêmir.

– Oui, entrez !

– Une tête brune à la barbe naissante s'encadra dans la porte entrebâillée :

– Pardon, Madame... Tu viens, Aïcha ?

– Tout de suite...

– Il n'aime pas que nous parlions ensemble ?

– C'est pas ça, mais...

– Vas-y. Ne le fais pas attendre. On reparlera de tout ça la semaine prochaine.

– Oui... Bon week-end, Madame.

– Bon week-end à toi, Aïcha.

Je coupai le vidéoprojecteur, effaçai le tableau, rangeai mes pochettes et mon cahier de notes dans mon vieux cartable tout élimé qui m'avait accompagnée tout au long de ma longue carrière et qui tiendrait bien encore jusqu'à ma retraite.

Je mis mon manteau. Dehors, il faisait froid. J'allai pour jeter à la corbeille le scan de la Une de Charlie que je venais de projeter. Et puis, je me ravisai. Je me dis qu'il pourrait servir encore.

Si seulement j'avais pu me tromper, ce jour de janvier...

Le lundi 16 novembre de la même année, avec de nouveaux élèves, elle avait resservi, la Une de Charlie.

Elle aurait pu resservir encore en juillet, après Nice, mais c'était les vacances d'été. Et puis en décembre 2018 aussi, cinq morts à Strasbourg. Strasbourg, ma ville aimée. Mais à ce moment-là, j'étais retraitée.

***

Des attentats, il y en aura encore. Et pourtant, l'indécrottable optimiste que je suis continue à vouloir y croire, à ces lendemains qui un jour, un jour, forcément chanteront.

Seb le Têtard

Sa tête trop grosse, son torse trop court et ses longues jambes filiformes faisaient immanquablement penser à un têtard. Non, la nature ne l'avait pas gâté, qui l'avait fait naître ainsi, difforme, contrefait, mal fichu.

Têtard... c'est le surnom dont l'affublèrent ses camarades dès l'école maternelle. Dès lors, il lui colla à la peau. Il le suivit au collège, et jusqu'au lycée, où ses congénères devenus avec l'âge un peu plus discrets, un peu moins ouvertement méchants, se contentaient d'user de ce sobriquet en son absence seulement. Têtard, Le Têtard, au mieux Seb le Têtard. Sébastien, jamais. Pourtant, il lui plaisait bien, le prénom que lui avaient choisi ses parents. Mais même eux ne l'appelaient jamais par son prénom. Sans doute ne le méritait-il pas... Eux l'avaient baptisé Bast, sans se rendre compte que ce petit nom affectueux pouvait tout aussi bien signifier : baste, suffit, assez...

Laid comme il l'était et quasiment mutique de surcroît, ses géniteurs - confortés par les nombreux spécialistes qui avaient été consultés - s'apprêtaient à voir grandir en leur foyer un Sébastien idiot.

Comme on ne lui trouvait de place dans aucune institution, on l'inscrivit à la maternelle, puis à la communale, où, invariablement rejeté par ses camarades que son aspect dégoûtait quand il ne les effrayait pas, il demeura solitaire.

Or, seul, comment jouer ?

Dans un premier temps il s'était contenté, comme la plupart des tout petits, d'attraper ce qu'il tenait pour comestible. Ensuite, il devint plus habile. À six ans, il était capable d'assembler ses Lego comme n'importe quel autre gamin. À huit, ses dessins n'avaient plus rien de maladroit et même son écriture commençait à présenter une certaine élégance.

Constatant ses progrès, son père jugea le moment venu de l'inscrire à la médiathèque, où il découvrit les livres qu'aussitôt il se mit à dévorer.

Cependant, c'est dans la collection de trente-trois tours remisée au sous-sol, héritée de son grand-père paternel, fervent mélomane contrairement à son fils qui ne jurait que par le cinéma néoréaliste italien tandis que pour sa bru rien n'égalerait jamais Godard et la Nouvelle Vague, oui, c'est dans cette collection désormais méprisée que Sébastien rencontra le vrai bonheur. Vaste et variée, on y trouvait de tout dans cette discothèque, des musiques du monde à la pop, du classique au contemporain, en passant par le sacré, l'opéra et le jazz. Et par bonheur, la chaîne hi-fi DUAL héritée en même temps était en parfait état de fonctionnement.

Lorsqu'il eut consciencieusement goûté toutes les époques et tous les genres, le gamin décréta qu'après Monteverdi, Bach à la rigueur, on n'avait plus rien écrit d'un peu propre. Dès lors, il ne se passionna plus que pour le baroque.

Son rêve aurait été de jouer d'un instrument. L'épinette avait sa préférence.

Un dimanche, alors que père et mère sauçaient leur assiette où ne restait pas le plus petit morceau de carbonnade, il leur fit part de son vœu. Pour toute réponse, ils hochèrent tristement la tête en signe de dénégation. Il se dit que les sous sans doute manquaient et n'insista pas. Le lendemain cependant, sa maman lui fit signe de regarder dans le jardin. Comme il ne voyait pas ce qu'il y avait à voir, elle lui dit :

– À côté du saule.

– Qu'est-ce que c'est, fit le gamin ?

– Tu ne vois donc pas ?

– Si, c'est un arbre, mais quoi, comme arbre ?

– Tu voulais une épinette ? À défaut de clavecin, en voilà une autre. Un prunellier, si tu préfères, mais on dit épinette, aussi. Ce sera ton arbre à toi, pour toute ta vie. Tu es content ?

– Oui, oui… fit un Sébastien dubitatif.

Ça, une épinette ? Allons donc ! Mais comme il n'en était pas à sa première déception, il prit le parti de se résigner. Pas tout à fait, cependant.

Puisque le décret parental lui barrait la voie de la virtuosité, il se contenterait de l'écoute. Mais pas de n'importe quelle écoute. Sa décision était ferme et définitive, dont rien ni personne ne saurait le détourner : il serait critique musical, spécialiste de la période baroque, de Claudio jusqu'à Johann Sebastian. Un Sébastien, comme lui. Son engouement était-il le fruit du hasard ? Qui sait…

Dès lors, il se transforma en un travailleur acharné. De médiocre qu'il était, il devint bientôt un élève brillant. En mathématique surtout, il était imbattable. Les équations les plus complexes, il les résolvait de tête et en annonçait le résultat bien avant ses camarades dont les doigts malhabiles souvent ripaient sur les touches de leurs calculettes.

Le dimanche, la famille se transportait parfois de l'autre côté de la frontière, jusqu'à Beaumont, car la mère affectionnait tout particulièrement la chapelle Saint-Julien au milieu de son pré, où il faisait bon pique-niquer à la belle saison. Le père rechignait bien un peu, car c'était lui qui portait les sacs contenant les victuailles, tandis que sa femme se contentait d'ouvrir grand ses narines afin de s'imprégner des subtiles senteurs printanières. Une fois sur place, il reconnaissait tout de même que l'effort en valait la peine, car oui, vraiment, cet écrin de verdure... et cetera. Pour un peu il se serait mis à déclamer du Rimbaud. Sébastien quant à lui en profitait pour réviser sa suite de Fibonacci en examinant le cœur des marguerites.

Passèrent les saisons, passèrent les ans. Son beau diplôme tout neuf en poche - un Bac S couronné d'une mention Très Bien assortie des félicitations du jury : 19,63 de moyenne, ce n'est pas si fréquent - il s'inscrivit en musicologie à Lille.

Les parents, inquiets, avaient hésité : le petit ne les avait jamais quittés, saurait-il se débrouiller seul ? Sébastien les rassura comme il put : Lille n'était pas si loin, il rentrerait chaque fin de semaine, et au moindre problème, promis, il appellerait.

Comme il ne rencontra nul problème majeur, il n'appela jamais, se contentant de rentrer au bercail le vendredi soir pour s'en extraire le lundi dès l'aube à l'heure où blanchit la campagne.

À vingt-deux ans, il était agrégé. À vingt-cinq, docteur. À vingt-sept, il publiait son premier ouvrage, une vulgarisation à partir de sa thèse dont l'analyse extrêmement pointue s'inscrivait dans le thème plus large de la polyphonie vocale à la Renaissance.

Qui dit publication dit séances de dédicaces. Son éditeur avait bien fait les choses : la librairie *Furet du nord* acceptait de l'accueillir un samedi après-midi. L'éditeur se proposait de mener lui-même l'entretien après lequel Sébastien signerait son livre.

– Mais comment signerez-vous ? demanda le libraire.

– De mon nom, évidemment, fit Sébastien.

– Pardonnez-moi, mais ma question est autre. Je ne parle pas du nom... je vous demande comment vous procéderez...

– Ah ! Ce comment-là... Tenez, je vais vous montrer.

Alors, avec une dextérité surprenante - ses semblants de mains, là où elles avaient poussé, accrochées à ses épaules et dépourvues de l'indispensable pouce opposable, ne lui ayant jamais été d'aucune utilité - le jeune spécialiste de la musique baroque se débarrassa de ses chaussures et de ses chaussettes, après quoi les orteils de son pied gauche, car oui, il était gaucher, se saisirent du stylo qui lui fut tendu et grâce auquel il gratifia le libraire d'une belle dédicace, la toute première d'une fort prometteuse carrière.

Né coiffé

Aux dires de sa mère, il était né coiffé, ce qui signifiait que tout au long de sa vie, il ne connaîtrait ni malheurs ni mésaventures d'aucune sorte. Elle lui avait rabâché cette certitude en forme de mantra tout au long de son enfance, qui, il est vrai, n'avait pas été des plus malheureuses.

Après la chambre de bonne au sixième étage sans ascenseur - toilettes et eau courante sur le palier - où il était venu au monde, ses parents s'étaient vu octroyer un trois pièces dans l'un des tout nouveaux HLM qui - vive les Trente Glorieuses - poussaient plus dru que champignons du côté de Sarcelles.

C'est de là que dataient ses premiers souvenirs, réels ou reconstruits au fil des ans à partir des innombrables photos noir et blanc à bord cranté, puis couleur kodachrome, prises par un papa très fier et débordant d'amour pour sa progéniture qui, malgré les efforts moult fois réitérés du couple, resterait unique : Abel jouant avec un canard en plastique dans la baignoire - la baignoire : luxe inouï ! - Abel tout nu vautré à plat ventre sur le tapis du salon, Abel en barboteuse, agrippé aux barreaux de son parc, Abel dans son petit lit encombré de peluches, Abel courant sur la pelouse de l'*Espace Vert* aménagé devant leur immeuble, Abel sur son tricycle, Abel endormi, Abel au réveil, Abel souriant, Abel pleurant, Abel grimaçant, Abel hilare, bref, Abel sous toutes les coutures et dans toutes les positions.

Cependant, malgré le rabâchage résolument optimiste de sa génitrice, ledit coiffé avait toujours tenu pour fariboles cette superstition rescapée des profondeurs d'un âge révolu. Il ne voyait vraiment pas en quoi le fragment de membrane fœtale qui recouvrait sa tête au moment de l'expulsion pourrait de quelque manière que ce fût influencer sa destinée. Certes, l'enfant choyé s'était métamorphosé en un adolescent toujours content, qui s'était à son tour transformé en jeune adulte heureux, mais ni plus ni moins que ses contemporains, car heureux, il eût fallu être bien ingrat pour ne l'être pas en ces temps bénis de reconstruction et de plein emploi. Génération comblée, qui assistait à l'avènement d'une société nouvelle exempte de toute crise et dont le principal objet serait de promouvoir une consommation bientôt qualifiée *de masse.* Guerre froide… oui, sans doute, voire tiède, et même à deux doigts de brûler parfois, mais on n'a rien sans rien et c'est à ce prix que l'Europe trop longtemps meurtrie connaîtrait enfin une ère de croissance infinie et d'éternelle paix.

– Arrête, Maman, disait Abel, tu vois bien que la coiffe n'y est pour rien, puisqu'on on vit tous dans le meilleur des mondes !

– Qui vivra verra, rétorquait invariablement la mère, philosophe en diable.

Et l'Histoire avec un grand H prouva qu'elle n'avait pas entièrement tort. Dans les années soixante-dix, la roue de la fortune tourna et pour le pays, et pour bien des cols bleus.

Abel, comme la plupart des cols blancs, fut épargné. Mais ce n'était que partie remise. En effet, c'est l'informatisation de son service qui quelques années plus tard eut raison de son emploi.

Sa mère, désormais bien vieille mais toujours aussi convaincue, continuait à croire en la bonne étoile de son rejeton et répétait à l'envi :

– Tout s'arrangera bientôt. Tu verras, tu retrouveras très vite un travail. Et ce ne sera que justice ! Mais oui : un garçon honnête et volontaire comme toi ne reste pas longtemps sans rien !

– Puisses-tu avoir raison, Maman...

– Bien sûr, j'ai raison ! D'autant plus que tu es né...

– Oui, oui, on connaît la chanson !

– Dis tout de suite que je radote, que je deviens gâteuse !

Il est vrai que depuis la mort du père elle oubliait bien des choses, et même parfois des choses du passé. Mais pour ce qui était de la coiffe, rien de changé ; c'était son dada depuis toujours, son refrain, son leitmotiv, sa planche de salut en cas de gros temps : son fils était né chanceux, quoi qu'il advienne il le resterait. Elle n'avait qu'un seul regret, que rendait plus cuisant encore une totale incompréhension : pourquoi, mais pourquoi avait-il eu l'idée saugrenue de prendre un appartement pour lui tout seul ? Oh pas bien loin, mais tout de même. Il aurait pu s'épargner cette dépense, non ? Et cela aussi était devenu un leitmotiv qui agaçait quelque peu ce fils par ailleurs exemplaire et d'autant plus parfait qu'il n'avait jamais convolé : Une bru, quelle horreur !

Comme elle l'avait prédit, Abel retrouva très vite un emploi. Et pas n'importe lequel ! Une opportunité, une chance inespérée que seule sa naissance coiffée pouvait expliquer. Lui qui n'avait que peu de références - plus de vingt ans dans la même boîte et aucune compétence particulière hormis dans son domaine très restreint, la comptabilité - fut embauché en qualité de commercial par la multinationale OUAFMIAOU qui produisait des aliments pour canidés et félidés.

Désormais, il passait le plus clair de ses journées au volant de sa voiture de société, sillonnant les routes de l'Île de France, de grandes surfaces en hypermarchés. À sa mère qui lui demandait à chacune de ses visites : Ce n'est pas trop fatigant ? Il répondait invariablement : En pleine forme ! Mieux serait indécent !

Ce matin-là, il n'avait pas entendu son réveil. Il roulait vite, dans l'espoir de ne pas rater son rendez-vous de neuf heures trente.

On était en novembre, la route mouillée était jonchée de feuilles mortes. L'auto dérapa. Il eut le temps de voir le platane qui grandissait, grandissait... jusqu'à la fraction de seconde après laquelle il ne vit plus rien.

Au cimetière, à peine quelques voisins. Elle regardait sans les voir ses chaussures maculées de boue - cette boue qui collait, qui s'accrochait, parviendrait-elle jamais à s'en débarrasser... - quand un monsieur s'approcha, qu'elle ne connaissait pas : Adam Cahin, dit-il en soulevant son chapeau. Toutes mes condoléances, Madame. Il me parlait beaucoup de vous. Il disait : « Ma mère a raison, je suis né coiffé ». Il me manquera…

De peur d'ajouter à la peine de la vieille dame éplorée, il avait préféré tronquer la citation qui, en sa forme complète était : « Ma mère a raison, je suis né coiffé, puisque je t'ai rencontré ».

Laquelle vieille dame éplorée avait quant à elle pendant plus de quatre décennies tronqué le dicton. Ignorant son versant d'ombre : *Tout enfant né coiffé mourra de mort violente*, elle n'en avait conservé que la part de lumière.

Caravane

Moi, je l'aime, ma caravane. Y'en a pas de plus belle dans tout le camp, c'est certain. Ma femme aussi, elle l'aime. Et tout pareil les enfants. On en est fiers parce qu'elle est belle et qu'elle est à nous. Et puis, ici, on est bien. D'accord, ça manque de sanitaires, ça manque de poubelles, ça manque de tout ce qui est indispensable, comme disent les autres. Indispensable pour eux peut-être, mais pas pour nous. Parce que nous, on sait se débrouiller. On s'arrange toujours. On s'arrange pour tout. Alors, qu'ils viennent pas nous chercher des noises, les sédentaires. Ils disent *sédentaires* pour eux, et *gens du voyage* pour nous. Ils disent comme ça, parce qu'ils peuvent pas se passer des catégories, chacun dans sa case, sans quoi ils sont paumés, mais *gens du voyage*, c'est n'importe quoi, vu qu'on est là depuis des années et que nos gosses, ils vont à l'école avec les leurs, ils jouent au foot avec les leurs, et il y a jamais eu de problèmes. D'ailleurs les miens, ils sont bien plus malins que les leurs, bien plus fortiches en classe, y a pas photo, personne pourra prétendre le contraire. Y a qu'à lire sur Internet les commentaires des *sédentaires* qui veulent nous virer d'ici. C'est tout juste si on comprend leur sabir. Si encore c'était que des fautes ! Tu parles ! C'est même plus des phrases, une bouillasse dégueulasse, voilà ce que c'est, et raciste et facho comme pas permis.

Mais ils auront beau dire, beau faire, tous autant qu'ils sont : le maire et sa clique, ils nous délogeront pas. Paraît qu'ils veulent nous parquer quelque part dans la zone. Ils parlent de *relogement*... Qu'est-ce qu'il faut pas entendre ! C'est n'importe quoi, puisqu'on se contenterait de bouger nos caravanes d'ici à là-bas. M'est avis qu'ils veulent juste récupérer le terrain pour en faire un parking. Remarque, ça je peux comprendre, vu que celui de l'hosto, pour sûr, il est rikiki, jamais de place, jamais. J'en sais quelque chose, peut-être. Le nombre de fois que j'y suis allé, avec les gamins... ils se faisaient mal tout de temps, surtout les garçons, ça se bagarre, ça se blesse, alors, les urgences, forcément. Maintenant, ça va, ils sont presque grands, ils se tapent plus dessus, au contraire. Des fois, ça me fait même tout bizarre, de les voir le nez plongé dans leurs bouquins... Georgiana, c'est l'aînée. Toubib, elle veut faire plus tard. Pourquoi pas ? Je trouverai bien à l'aider ; pour peu qu'elle reste avec nous dans la caravane, ça reviendra pas trop cher. Le deuxième, Ionut, c'est avocat, qu'il veut faire. Faut dire qu'il sait causer, celui-là ! Alors, autant que ça rapporte, pas vrai ? Le dernier, Andrei, c'est autre chose. Pas tout à fait comme les autres, ils disent. Presque, mais pas tout à fait... Allons, mieux vaut parler d'autre chose. Rien que d'y penser, ça me fait peine.

***

Ils en ont causé aux infos et après, on a eu le papier. C'est décidé, voté, adjugé vendu, au premier jour du printemps, ils nous foutront dehors. Enfin, quand je dis dehors... ce sera juste un autre dehors. Mais là ou ailleurs, pour moi, pas question !

Et si eux, on leur disait du jour au lendemain : « Vous ne pouvez plus rester, il faut vous en aller, allez, hop ! Fissa ! » Ils diraient quoi, les sédentaires, si le maire et sa clique leur disaient ça ? S'ils les foutaient à la porte de chez eux, hein, ils diraient quoi ?

Nous aussi, on est chez nous, ici. Ils peuvent pas nous faire ça.

Mais si, ils peuvent. Et ils vont le faire. Et nous, on pourra pas se défendre. Parce qu'ils seront les plus forts. Ils sont toujours les plus forts.

***

Et si...

Mais oui ! La voilà, l'idée ! J'en parlerai pas aux autres. De toute manière, on n'a pas grand-chose en commun. Paraît que nous autres, on ne fonctionne qu'en clan, c'est ce qu'ils croient, les *sédentaires*, mais c'est pas vrai du tout. La preuve : moi. Je me suis jamais occupé de leurs affaires ni eux des miennes. Chacun sa caravane et basta.

Ils peuvent toujours se réunir, se serrer les coudes, échafauder des plans d'action, résister, comme ils disent, dans l'espoir de rester, ça servira à rien. Tous virés dès le printemps. Mais pas moi. Ah non ! Pas moi.

C'est un quatre étoiles. Un camping, ça va de soi, mais chic de chez chic. À l'autre bout du pays, à Quiberon. Si on se pointait tous comme un seul homme, ça ne marcherait pas. C'est bien pour ça que je leur en parlerai pas. Mais si on est juste nous, ma femme, les gamins et moi, ils nous refuseront pas. On n'aura qu'à se faire un peu beaux, histoire de faire bonne impression quand on arrivera. Je trouverai bien à bosser là-bas aussi. La ferraille, on en trouve partout. Et pour les études des gamins, ce sera bien mieux.

Comment je j'ai trouvée, ma Rolls des campings ? Pas compliqué : j'ai googlé le même nom qu'ici. J'en ai trouvé une bonne pelletée, c'est pas ce qui manque !

D'ici à là-bas, il n'y a jamais que la France à traverser. Et je sais qu'on y sera bien aussi, dans ce Bois d'Amour-là !

Dans le silence des mots d'amour

La pièce est une boîte blanche. Toute blanche. Murs et plafond. Le sol est en lino, imitation marbre blanc. Dans la boîte blanche du sol au plafond, dans un coin, une table basse aux pieds dorés. Sur la table, éclairé par un halogène blanc, dans un pot de plastique blanc, un ficus en plastique vert et blanc.

Contre l'un des murs, un canapé sans doute fatigué parce que recouvert d'un patchwork où dominent le rouge, le noir, le bleu et surtout le blanc. Fixé au-dessus du canapé, un porte manteau extensible en sapin teinté noyer forme des losanges. Le portemanteau ne saurait supporter autre chose que des vêtements d'enfants. Des vestes ou des manteaux adultes pendraient immanquablement sur le dossier du canapé. Aussi le portemanteau est-il vide de tout vêtement. Il se contente d'orner le mur comme le ferait un tableau ou une reproduction. Il est d'ailleurs le seul ornement mural de la pièce blanche, si l'on excepte une publicité écologiste qui proclame que les véhicules électriques sont l'Avenir. Sans doute le portemanteau extensible en sapin teinté noyer a-t-il été fixé là à une époque où à la place du canapé, il n'y avait rien. Quand le canapé est arrivé, le portemanteau est resté.

Rangées contre les deux autres murs, six chaises en tube d'acier. Assise et dossier cannés en plastique imitation paille. Le quatrième mur est percé par deux fenêtres. Entre les deux, un fauteuil d'enfant. Sous l'une des fenêtres, un radiateur. Bien qu'on soit en février, le chauffage est coupé. La journée a été douce. Très douce. Trop douce pour la saison. Maintenant, le soir tombe et il fait presque froid.

Au milieu de la pièce blanche, une autre table basse, plateau de verre, pieds en métal. Sur le plateau de verre, les revues obligées : *Elle, l'Express, Ici Paris*. Tiens, les *Voici* et les *Gala* de la semaine dernière ont disparu.

Pas de traces de doigts sur le plateau en verre. Les revues sont bien empilées. Les *Ici Paris* sur une pile. Les *Express* sur une autre. Les *Elle* forment une troisième pile. Les piles sont séparées des bords de la table et séparées entre elles par un espace mesuré au cordeau. Visiblement, on a fait le ménage. On est lundi.

Sur le canapé et sur les chaises, par ordre d'apparition : La Dame à l'Enfant. Le Monsieur Divorcé. La Vieille Dame Avenante. Léonie. La Petite Fille Gâtée. La Petite Fille pas Gâtée et le Tatoué.

La Dame à l'Enfant. La trentaine. Assez mignonne. L'Enfant est de sexe indéterminé. Assis à côté de sa mère, il ne bouge pas. Il peut avoir deux ans.

Le Monsieur Divorcé. La quarantaine. Barbu. Il est évident qu'il aimerait entrer en conversation avec la Dame à l'Enfant. Mais la Dame parle à l'Enfant, exclusivement. Elle semble ignorer le Monsieur Divorcé. Ces trois-là sont rangés sur le canapé.

Sur les chaises à présent. La Vieille Dame. Presque octogénaire. Elle a su rester sinon jolie, du moins avenante. Elle est tout sourire. Sourires pour la Dame. Sourires pour l'Enfant. Sourires aussi pour le Monsieur Divorcé, bien qu'un soupçon moins appuyés. Sourires de l'Indécrottable Optimisme, sourires de l'Amour pour le Monde Entier. Et sourires aussi pour Léonie, assise dans le fauteuil pour enfant, bien trop petit pour elle, mais elle semble avoir un goût particulier pour les positions inconfortables. Peut-être aime-t-elle surtout que soit apprécié son sens du sacrifice, en vérité fort peu développé, et décelable seulement dans ce genre de situation remarquable mais qui ne mange pas de pain et ne demande somme toute qu'une bien piètre abnégation, qui plus est de fort courte durée. Elle fait de l'esbroufe. Ça crève les yeux.

Sur une autre chaise est venue se poser la Petite Fille Gâtée. Dix-sept ans, habillée par sa maman, habillée comme sa maman, et comme sa maman sans aucun doute, blonde, bouclée, mince comme une tige, faite à peindre. Tout droit sortie de Sade. Juliette ou Justine. Léonie se demande où son auteur l'aurait rangée : dans la famille des voluptueuses bourrelles ou dans celle des douces victimes si tant érotiques qu'elles peupleraient vos rêves même une nuit de Rohypnol. Un peu des deux, indéniablement. Jolie. Mieux : belle. Et qui promet de le devenir davantage encore si les petits cochons ne la mangent pas. Et si bien élevée. Assise toute droite sur sa chaise, le dos ne touchant en aucun cas le dossier. Elle a pris un *Express* qu'elle ne feuillette pas distraitement mais qu'elle lit, studieuse, comme sans doute elle apprend ses leçons de grec et de latin.

Sur les deux dernières chaises libres, et ouf, ce sont les derniers, après eux il n'y a plus une seule place assise, sont venus s'affaler simultanément la Petite Fille pas Gâtée, survêtement fatigué, cheveux tristes et gras qui cachent les yeux, moins de vingt ans, c'est sûr, et le Tatoué, LOVE sur une main, HATE sur l'autre ; J'AIME TOUTES LES FEMMES d'un côté, le Mont des Oliviers de l'autre : une colline surmontée d'une croix. Et des points bleus éparpillés un peu partout sur les mains et sur le visage. La totale, quoi. Le Mec. Le vrai. Tatoué. Tout de suite, il s'endort, et ronfle. Comme un Vrai Mec, quoi. La Petite Fille pas Gâtée, elle, joue à un jeu électronique sur son portable. Sont-ils ensemble, Léonie dirait que oui. Il lui semble les avoir entendu se tutoyer dans un échange monosyllabique et sibyllin, juste avant que le Tatoué tombe endormi et se mette à ronfler.

Maintenant, c'est le silence. Celui qui est attendu n'est pas encore arrivé. Il a un peu de retard aujourd'hui. Tous savent où l'on pourrait Le trouver. Mais personne ne bouge. Tous savent. Mais le rituel, c'est sacré. Personne n'ira Le chercher. Il viendra. Il vient toujours. Il est toujours venu. Aujourd'hui encore, Il viendra. On attend. Un jour, peut-être, on attendra en vain. Un jour, peut-être on attendra, et Il ne viendra pas. Mais pas aujourd'hui. Aujourd'hui Il viendra. On L'attend.

Et tout d'un coup, on le sait, Il est là. Il claque la porte de l'entrée. Ouvre en trombe la porte de la boîte toute blanche. Pousse un hurlement : Qu'est-ce que vous foutez là ! Dehors ! C'est la bouse aujourd'hui ! C'est la bouse ! Tous ceux qui ont un truc pas ordinaire, qu'ils s'en aillent ! Je ne peux rien pour eux ! Je suis fatigué. Et Il claque la porte. En ouvre une autre avec la même violence. La referme dans un grand fracas.

Personne n'a bougé. La Vieille Dame suave et souriante dit : C'est toujours comme ça, il faut qu'Il hurle. Ça Le met en forme. Moi, je Le connais depuis vingt-cinq ans. Il faisait des gardes. Il hurlait moins. Mais déjà Il hurlait.

Je Le connais depuis quinze ans, dit le Monsieur Divorcé. Moi, je trouve qu'Il hurle pareil qu'il y a quinze ans. Ce n'est ni mieux ni pire. Pareil. Mes parents avaient un restaurant juste en dessous. Il était client. Un fidèle. Mon père a dit Pourquoi ne pas aller chez Lui. Et il y est allé. Depuis, on vient tous chez Lui. Pour les familles il n'y a pas mieux que Lui. Mon Ex, elle, ne vient plus. Il la connaît trop bien. Ma fille est terrorisée par tous les autres. Lui, elle Le déteste seulement. Impossible de lui expliquer. Comment expliquer à une enfant, dit-il en regardant la Dame à l'Enfant, qui répond par un sourire.

La Petite Fille Gâtée dit : Je L'ai toujours connu. Depuis que je suis au monde. Je n'ai jamais connu que Lui. Il boit du vin blanc toute la journée. Il hurle. Je n'ai connu que Lui.

La Petite Fille pas Gâtée dit : Il est fou. Quand j'étais petite, Il venait à la maison. Quand ma chambre n'était pas rangée, Il hurlait. Je disais à ma mère : Il est fou. Ma mère disait : Mais non, Il n'est pas fou. Moi, je disais : Si, Il est fou. Il hurle tout le temps.

Léonie, qui n'aime pas être en reste, dit : Oui Il est fou, mais c'est une folie que je comprends. Une folie qui me convient. Il est fou d'une folie que j'aime parce qu'elle est un peu la mienne. Et quand on est en face de Lui, Il n'est plus fou du tout. Il est Lui. L'autre Lui. Le Lui qui sait.

Le Tatoué ne dit rien. Il dort.

La Vieille Dame dit : On L'aime même s'Il crie. Peut-être parce qu'Il crie. Et puis dès qu'on est seul avec Lui Il ne crie plus. Il écoute. Il sait tout de nous. On ne L'a jamais vu se tromper.

La petite Fille pas Gâtée dit : Il va dans la pièce à côté. Il boit du vin blanc. Je L'ai vu. Pendant qu'on Lui parle Il boit du vin blanc. Je L'ai vu. Je n'ai jamais connu que Lui. Il ne s'est jamais trompé. Il sait tout de moi. Il hurle, Il hurle et puis Il ne hurle plus. Il écoute. Il me connaît. Je n'irai pas chez un autre que Lui.

La Dame à l'Enfant va pour apporter sa contribution à la laudatio quand tout d'un coup la porte s'ouvre : Tous encore là ! Mais qu'est-ce que vous me voulez ! Vous ne pouvez pas me foutre la paix ! Je vous préviens, les trucs compliqués, pas aujourd'hui. Je suis fatigué. Je ne peux plus rien pour vous. C'est à qui ?

La Dame à l'Enfant se lève. Elle Le suit. Il hurle. Et puis, on n'entend plus rien. Ceux qui restent, un peu gênés de tant de prolixité retournent chacun à sa bulle anonyme. Ils se sont replongés dans les *Ici Paris*, les *Elle*, les *Express*. Personne ne dit plus rien. De part et d'autre de la mince cloison, le silence. Silence accentué par la radio sensée couvrir le secret de ce qui se dit là, juste de l'autre côté. Chacun en son silence. Silence de solitude. Et silence aussi de communion. Silence plein et non pas silence lourd.

Et dans ce silence, ce sont encore des mots d'amour.

Et si une chance encore leur était donnée ?

La dernière chance

Ça me fait mal de le dire, mais le fait est là : c'est une salope, il n'y a pas d'autre mot. Elle m'a enfermée ici. Oui, enfermée. La preuve ? Les fenêtres ne s'ouvrent pas. Moi qui toute ma vie ai dormi les fenêtres grandes ouvertes ! Même au cœur de l'hiver, jamais fermées, mes fenêtres. Jamais. Une salope, oui. Et une fieffée menteuse. Elle m'avait dit : « Il y a tout ce que tu aimes, plein de verdure, un grand parc, et tu ne seras plus seule. Tu verras, tu seras bien, tu t'y plairas. » De la verdure ! Et où donc ? Ces trois arbres rabougris ? Et encore, pour les voir, il faut sortir sur la terrasse de la salle à manger. Terrasse ! Ils osent appeler ça une terrasse ! C'est à peine un balcon. Et même là, il faut se pencher pour les apercevoir, ces malheureux arbres tout poussiéreux. De la verdure ! Tu parles ! Je lui en flanquerai, moi, de la verdure ! Et les gens d'ici ! Oh les gens ! Rien que des gâteux, quasiment grabataires, qui bavent et qui sentent mauvais. Ce matin, une vieille est venue dans ma chambre. Forcément, je laisse ma porte ouverte pour avoir un peu d'air, puisque les fenêtres sont bloquées. Alors la vieille est entrée. J'étais allongée sur mon lit, je regardais le plafond, occupée à maudire ma salope, et elle est entrée. Elle m'a caressé la joue. Quelle horreur ! Je n'ai jamais supporté qu'on me touche. J'ai crié, mais elle, elle a continué à caresser ma joue, et elle répétait : « Madame Colette ! Madame Colette ! » Je ne sais pas si c'est son nom ou celui de quelqu'un qu'elle a connu, en tout cas ce n'est pas le mien. Moi, je suis Monique. Ça, j'en suis sûre. Et celui de ma salope... aucune importance. Elle s'appelle Salope, elle n'a plus d'autre nom. N'en a jamais eu d'autre, si ça se trouve. Peut-être bien que je l'ai baptisée comme ça dès le début. C'est ça qui serait drôle ! Personne ne l'aurait su, mais moi, oui. Je le sais, je le sens, ce nom se tenait là, tapi au fond de moi, depuis toujours.

Ça a commencé il y a un mois, quand elle m'a enfermée la première fois. Oui, déjà à ce moment-là, enfermée. Alors que j’allais très bien, juste une plaie à la cheville, qui ne guérissait pas. J'avais mal, un peu, parfois. Mais elle, elle a dit au moustachu en blanc que je hurlais des nuits entières. Qu'est-ce qu'elle pouvait bien en savoir ? Elle n'était même pas là. D'ailleurs, si je criais, ce n'était pas de douleur, c'était parce qu'un voleur, un salopard, tapait contre mon volet. Je me levais, j'allais au téléphone - le téléphone, j'ai toujours adoré ça - et j'appelais la police. Mais eux, bien sûr, ils étaient de mèche avec elle. Ils venaient, ils regardaient partout, dans la maison, dans le jardin, et ils disaient : « Il n'y a personne, Madame, vous pouvez dormir tranquille. » Il y en a un, tout de même, qui était un peu moins crétin que les autres : « Il vous faudrait un chien », il a dit. Un chien... j'en ai eu un. Mais la salope me l'a pris, elle l'a vendu, pour se faire de l'argent. Elle disait que je n'étais plus capable de m'en occuper. Ce n'est pas vrai, je m'en occupais très bien. Et quand je ne pouvais pas, il y avait le voisin. Mais elle a inventé que le voisin ne voulait plus entendre parler du chien, qu'il était vieux et fatigué - le voisin, pas le chien - et qu'il fallait lui trouver une nouvelle famille - au chien, pas au voisin, bien sûr. Lui, le voisin, il en a une, de famille, des enfants et des petits enfants, et surtout, une femme. Une salope, celle-là aussi, et qui déteste les chiens. Elle aurait dit que son mari était trop vieux, et qu'il ne voulait plus s'en occuper, plus en entendre parler, jamais. Alors, ma salope m'a pris mon chien. Mais ça ne fait rien. Dès que je sortirai d'ici, je prendrai un nouveau chien. Un petit, tout blanc, comme celui que j'avais avant.

Je ne vais pas rester ici à moisir. J'ai un plan. Déjà, je ne descends plus à la salle à manger. Je reste dans ma chambre et je les fais bien tourner en bourrique. À midi pétant, si je ne suis pas servie, je sonne. Pareil le soir. Et quand le plateau ne me plaît pas, je le renvoie sans y toucher. Je ne mange presque rien. De toute manière je n'ai plus jamais faim, alors ça ne me prive pas. Le premier soir, j'y suis descendue dans leur fichue salle à manger. Quelle horreur ! Rien que des vieux en fauteuils, qui bavaient en fixant le vide. Il fallait leur donner la becquée comme à des nourrissons. Des valides comme moi, il n'y en avait pas beaucoup. Ils m'avaient mise à une table avec les moins abîmés. La femme assise à côté de moi m'a raconté que ses enfants l'avaient enfermée ici. Des salauds tout pareils, eux aussi. Et elle pleurait, elle pleurait... Je lui ai dit de se calmer, que je prenais les choses en main et que si elle voulait, elle partirait avec moi. Elle a demandé : « Quand ? On part quand ? On va où ? Parce que moi, mes enfants m'ont tout pris, je n'ai plus nulle part où aller. » J'ai juste pris un air entendu. Elle a compris que c'était pour dans pas longtemps.

C'est pour demain. Le taxi est commandé. Il sera là à dix heures. Évidemment, pas question de m'encombrer, je n'emmène pas la femme de la salle à manger, elle est bien trop vieille. De toute manière je ne lui ai rien promis. Et puis, depuis que je ne descends plus, je ne la vois plus. Avec un peu de chance, gâteuse comme est, elle aura oublié. J'ai préparé mon sac avec quelques affaires, surtout des culottes de rechange. C'est important, les culottes, au moins autant que la brosse à dents. Mais la brosse à dents, je ne la mettrai que demain, parce que j'en aurai besoin avant de partir. Pas question de puer du bec. Une assistante dentaire qui pue du bec, on n'a jamais vu ça. Assistante dentaire, c'est ce que j'ai été. Pendant plus de quarante ans. Avec John, d'abord. Mais ça n'a pas duré. Quatre mois de mariage, et il est mort, cet idiot ! A-t-on idée, un onze novembre, de rouler à cent trente à l'heure sur une route bordée de platanes, mouillée et jonchée de feuilles mortes ? Mais il était comme ça, John, fou d'autos et de vitesse. Fou tout court, oui ! Il a bien fait de se tuer, parce que s'il n'était pas mort ce jour-là, il aurait eu un autre accident, plus tard, et moi, qui sait, j'aurais été dans l'auto avec lui et on serait morts tous les deux, ou pire, paralysés à vie, ou bien légumes... On peut dire que je l'ai échappé belle. Tout de même, je lui en ai voulu. On ne laisse pas une femme après quatre mois de mariage. Ça ne se fait pas. C'est un abandon, ni plus ni moins. Et encore moins une femme enceinte. Parce que bien évidemment, j'étais enceinte. Dès la nuit de noce. Je leur en ai voulu à tous les deux. Vous m'entendez, vous deux ?

Je vous en ai voulu. Et je vous en veux encore. À toi, espèce d'idiot, d'être parti, et à toi, d'être dans mon ventre. Non, ce n'est pas vrai. Ce n'est pas parce que tu es parti, que je t'en ai voulu. C'est parce que je ne t'aimais plus. Et depuis longtemps. Sept années de fiançailles, c'est long. J'en aimais un autre. Mais quand on a promis, on a promis, pas moyen de se dédire. J'étais fiancée, lui aussi. On avait promis tous les deux. Alors, on a tenu parole. Parce qu'on ne pouvait pas faire autrement. Personne n'aurait compris. Ce qu'on pouvait être bête, en ce temps-là... Maintenant, les gens divorcent pour un oui pour un non, ce n'est pas forcément mieux, mais nous, nous, on endurait, on serrait les dents, c'était encore bien pire que maintenant. Il est mort. Oui, lui aussi. John d'abord, lui ensuite. Ils sont morts presque en même temps. Et c'est de ma faute. Pas pour John, non, lui n'avait besoin de personne pour se tuer. L'autre, c'est tout autre chose. Je suis coupable de sa mort et ça, je m'en voudrai jusqu'à mon dernier souffle. Après la mort de John, il est venu me voir. Il voulait divorcer. M'épouser. M'épouser, moi qu'il aimait. J'ai dit non. Le sens du devoir, toujours et encore. Je l'ai renvoyé chez sa femme. Quand j'y repense maintenant, et j'y repense souvent, je me dis : Quel gâchis !

Il m'aimait trop. Il s'est pendu... Mais c'est du passé, tout ça. C'est demain qui compte. Demain, et rien d'autre. Je suis prête. Plus en forme que jamais ! Mon sac, je l'ai caché au fond du placard, sous le linge sale. C'est qu'ils fouillent, ils mettent leur nez partout. Ils ouvrent grand les portes du placard et ils regardent ce qu'il y a dedans. L'autre jour, ils ont trouvé des fruits que j'y avais mis à mûrir, vu que maintenant, tous les fruits sont durs comme pierre, cueillis tout verts, alors immangeables, forcément. Pourris, ils ont dit. Et ils les ont jetés. Enfin c'est ce qu'ils ont prétendu. Moi je sais bien que ce n'est pas vrai. Ils les ont mangés. On ne leur donne rien, les pauvres. Ils sont tout maigres, ça se voit qu'ils ont faim. Moi, je ne suis pas maigre, ils sont stupides, les médecins qui disent que je suis maigre. Je suis mince, ce n’est pas du tout pareil. Mais eux, eux, oui, ils sont maigres, parce qu’ils n’ont rien à se mettre sous la dent, voilà pourquoi. Alors ils se débrouillent comme ils peuvent, ils volent ce qu'ils trouvent dans les chambres. Avant de partir il faudra que je me lave un peu et que je me coiffe. Pourvu que je me réveille à temps. Mon réveil, je crois bien qu'il est cassé. Il donne l'heure, ça oui, mais la sonnerie ne fonctionne plus. Ou alors c'est moi qui ne sais pas faire. Heureusement, le téléphone, je sais très bien, parce que sinon, le taxi... Ça ne fait rien, ça ne sert à rien un réveil quand on ne va plus au travail. Oh ! comme j'aimerais travailler encore... Me lever le matin, ouvrir le cabinet dentaire, recevoir les patients, donner les rendez-vous, sortir de l’autoclave les instruments de la veille, préparer ceux du jour, envoyer les factures, encaisser les sous... C'était le bon temps ! Personne ne m'aurait enfermée, alors. J'avais des amis, plein, et on allait en montagne et au restaurant, et pas que dans les Vosges, non, on partait loin ! En Irlande, en Norvège, en Alaska, partout où il y a du saumon. Parce que la pêche, ça a toujours été ma passion. Pas la pêche pépère, assise sur un pliant au bord d'un étang, non, la vraie pêche, debout dans la rivière, de l'eau jusqu'aux hanches. C'est qu'il en fallait, de la force, pour sortir la bête de l'eau ! J’avais beau paraître fluette, je me débrouillais aussi bien que les hommes. Souvent mieux, même. Parce que mes mouches étaient plus belles que les leurs. Parfaites, mes mouches. J'ai toujours été douée de mes dix doigts. Heureusement, les copains n'étaient pas jaloux. Au contraire, j'étais leur mascotte. Et puis ils m'admiraient pour ce que j'étais : grande, mince, et belle, et jamais fatiguée. Qu'est-ce qu'on s'amusait, tous ensemble ! Et qu'est-ce qu'on riait ! Maintenant, je ne ris plus guère. Il faudrait faire comme... comme Dietrich. Mais ça, je ne pourrais pas. J'y pense parfois. J'y pense souvent. Je n'ai jamais été froussarde, mais ça, non. Me pendre, puisque c'est bien ça qu'il a fait, non. Me pendre, je ne pourrais pas.

Tu vas dormir, maintenant. Sans quoi, demain tu auras une mine de déterrée, et elle dira encore, avec son sourire navré - mais en vrai, tout au fond d'elle, chaque fois qu'elle le dit, on sent bien que ça jubile : « Tu as l'air un peu fatiguée... » Quelle salope ! Mais rira bien qui rira la dernière ! Quand je serai de retour à la maison, je téléphonerai au notaire. Alors pour l'héritage, hein ! Et la maison non plus, elle ne l'aura pas, elle peut se gratter. Oh ! elle a tout fait pour que je la lui donne, mais bernique ! Et aujourd'hui, je le sais bien qu'elle m'en veut : elle aurait tellement aimé que je n'aie plus nulle part où aller.

***

À dix heures, je suis descendue dans la cour avec mon sac, et j'ai attendu. Le taxi n'est pas venu. À la place, deux infirmiers. Ils m'ont forcée à remonter dans ma chambre et ils ont défait mon sac. Après, ils m'ont fait avaler quelque chose, parce que je criais. Je ne voulais pas, mais ils m'ont obligée. Ils savent y faire, ils sont formés pour ça : la torture, ça les connaît. Après, ils m'ont dit d'attendre, que ma salope allait venir. Comment ils ont pu savoir ? C'est le taxi, sûrement, qui les a prévenus : Une vieille qui veut s'évader, voilà ce qu'il leur aura dit. Le salaud ! Tous des salauds !

J'ai refusé de la voir. Ils ont insisté mais j'ai tenu bon. Elle est repartie. Il paraît qu'elle pleurait. Tu parles ! Larmes de crocodile ! Elle attend ma mort, voilà ce qu'elle attend. Je sais bien que je la dégoûte. Peut-être même qu'elle me hait. C'est probable. Mais elle aura beau faire, jamais elle ne me haïra autant que je la hais, moi.

Bon. Calme-toi, ma vieille. Réfléchis. Ton plan a raté, il va falloir t'y prendre autrement. Une chose est sûre, ils ne me laisseront pas partir, ils m'enfermeraient plutôt à double tour. C'est à cause de la fumée. Elle a dit que j'avais mis le feu à la maison. Quelle menteuse ! La vérité, c'est que j'avais mis mes pommes de terre à cuire dans la grande casserole, comme tous les soirs. Les pommes de terre, c'est ce que je préfère. Ici, on nous en donne de temps à autre, mais pas tous les jours. C'est pour ça qu'il faut que je rentre chez moi. Il faudra que j'aille à la banque, pour leur dire. Et à la police aussi. Oui. Parce qu'elle m'a pris mes sous. Elle disait que je dépensais trop. Comment aurais-je pu dépenser le moindre centime, puisque je ne sortais plus jamais ? Mais elle, elle est allée inventer que j'avais dépensé en une semaine l'argent de deux mois, que je dilapidais des fortunes... résultat : plus un franc dans mon tiroir, non, pas franc... quoi donc... plus un... oh je ne sais plus comment ils disent maintenant... en tout cas, plus un sou, ça c'est certain, porte-monnaie tout plat, vide à faire pitié. Pas étonnant ! C'est cette autre salope, la grosse qui pue, qui venait chaque midi pour chauffer mon repas, qui m'avait volé mes sous ! Je l'ai vue faire, j'ai encore de très bons yeux. Elle, debout devant le tiroir ouvert, celui où je range toujours mes sous. Je lui ai dit : « Qu'est-ce que vous faites ? Vous n'avez pas à fouiller dans mes tiroirs ! » Et je l'ai flanquée à la porte, elle n'est plus jamais revenue. Bon débarras. Parce que la fumée, c'était elle, mais oui. Qui d'autre donc ?

Et dire qu'il n'y a encore pas si longtemps, la semaine dernière peut-être, c'est moi qui remplissais les semainiers de tous les malades ! Mon médecin était bien content, ça le soulageait de n'avoir plus à le faire. Et jamais je ne me trompais. Pas comme cette idiote d'infirmière qui a failli me tuer en confondant les comprimés de un milligramme avec ceux de dix. Mais je l'ai vu tout de suite, qu'elle s'était trompée. Et mon médecin l'a bien vu, lui aussi. C'est à partir de ce jour-là qu'il m'a confié les semainiers de tous ses patients. Ma salope dit que ce n'est pas vrai, que j'invente. Qu'est-ce qu'elle en sait ? Elle n'est jamais là.

Ce qui m'embêtait le plus, les derniers temps, c'était ce type qui venait toutes les nuits. Il marchait dans la maison, il faisait un raffut insupportable, il déplaçait les meubles et les objets, et au matin je ne retrouvais plus rien. Mais quand je serai de retour chez moi, je ne le laisserai plus faire. Je prendrai le petit râteau, celui sur lequel je m'appuie quand je sors au jardin, je le poserai sur le lit à côté de moi et quand il viendra, je me lèverai et je lui en flanquerai un bon coup sur la tête. Non mais ! A-t-on idée de venir déranger les gens dans leur sommeil ? Ce ne sont pas des manières ! De toute façon, le chien le mordra. J'en prendrai un bien méchant. Petit, mais méchant. L'autre, celui d'avant, je l'aimais bien mais il ne me défendait pas. Il ne se réveillait même pas quand le type allait dans toutes les pièces en claquant les portes.

J'ai bien réfléchi. M'enfuir, c'est possible : il suffit de faire bien attention. La nuit, c'est le meilleur moment. Quand tout le monde dort. Ils ne font pas des rondes tout le temps. Je suis restée éveillée et j'ai compté. Ils ne passent que trois fois : à onze heures, à deux heures et à cinq. Le reste de la nuit, c'est le calme plat. Sortir d'ici c'est facile. Et pour marcher, ça ira. Ce serait plus sûr si j'avais mon râteau, mais bon, tant pis, je me débrouillerai sans. Le problème, c'est que je ne sais pas où je suis. Elle m'a traînée dans des dizaines de maisons, pendant plus d'une semaine on n'a fait que visiter, et pour finir elle a choisi celle-ci, la pire, elle l'a fait exprès, la salope. Exprès, comme toujours.

***

Ce matin j'ai essayé de me lever mais pas moyen. Ça ne fait rien. Je vais me reposer et ça ira mieux demain. Parce que c'est décidé, c'est demain que je m'en vais.

Une fille, peut-être une infirmière, est venue et m'a dit que j'étais tombée cette nuit. Je ne m'en souviens pas du tout mais c'est possible : je me lève deux ou trois fois dans la nuit pour aller aux toilettes. Quand je ne dors pas ça m'occupe. Et puis un petit pipi, ça ne peut pas faire de mal. Mieux vaut aller aux toilettes que de salir sa culotte. L'autre jour, sous prétexte que j'étais trop fatiguée pour me lever, ils ont voulu me mettre une couche comme on fait pour les bébés. Je l'ai arrachée. Je ne les laisserai pas faire ! Ah mais non ! Une couche, pas question.

***

Je ne vois pas grand-chose et j'entends mal, mais je suis lucide, parfaitement lucide. Je vais mieux. Encore un peu fatiguée, mais je me sens bien mieux, presque bien. Ils m'ont posé des questions. J'ai essayé de répondre, mais les mots ne venaient pas. Je les entendais très bien, je comprenais les questions, mais je ne pouvais pas répondre. Vivement que ça passe, parce que c'est demain que je m'en vais. C'est vrai, ça n'a pas marché la dernière fois, mais on a tous une deuxième chance. La mienne, c'est demain. Demain, je réussirai. Demain, je rentre chez moi. Parce que moi, je ne suis pas comme cette pauvre dame qui n'a plus nulle part où aller.

Et quand je serai de retour dans ma maison, je ferai venir ma salope. Mais oui, pourquoi pas ? Je ne suis pas rancunière, moi. Et je lui demanderai quelque chose. Une seule chose. Elle ne pourra pas dire non. Ou alors, ça voudrait dire que c'est une salope tout à fait. Voilà ce que je lui dirai : Si tu veux hériter - et tu le veux, oh oui, tu le veux, c'est même la seule chose qui t'intéresse, tu as toujours aimé les sous, c'est peut-être même juste pour eux que parfois tu as fait semblant de m'aimer un peu - tu as tout intérêt à toper là. Alors, voilà : du fond de mon trou, je ne te dirai plus jamais salope. Et toi, une fois, rien qu'une fois, devant ma tombe ouverte, tu diras le mot, celui que j'attends.

Ce sera ta dernière chance. La toute dernière. Tu diras le mot : Maman. Et alors, la maison sera à toi. Tu auras enfin un endroit où aller, un endroit où vivre. Un endroit bien à toi, ma salope chérie à moi.

Le goût du pain blanc

Elle est sortie de l'hôtel. Elle a pris le métro. Elle est descendue à Opéra. Elle ferme les yeux, essaie de se souvenir, c'était il y a tellement longtemps ! Combien, déjà ? Elle compte : soixante-huit ans... À droite. À droite encore, et puis à gauche. Elle la retrouve, à peine changée. Ce n'est plus une vraie boulangerie, seulement un dépôt de pain, mais la façade est la même. En face, une brasserie. Elle s'installe à la terrasse, commande une bière, la première de la journée, la meilleure. Maintenant, elle fixe le trottoir, ce trottoir où...

***

Avril quarante-quatre.

Elle a quatorze ans. Grande, déjà formée. Sa mère l'habille, la coiffe comme une petite femme. Aujourd'hui, elle porte un manteau mauve à col de fourrure et un chapeau qui appartiennent à Maman. Le manteau n'est plus tout neuf mais l'ensemble fait encore son petit effet, surtout avec le bibi assorti. Elle a froid aux jambes. Elle ne porte pas de bas : on n'en trouve plus, même au marché noir. De toute façon, le marché noir, Papa ne veut pas en entendre parler. Elle a froid aux pieds dans ses chaussures à semelles compensées. Les socquettes blanches en coton crocheté sont élégantes mais bien trop fines. La file d'attente est longue. Quand ce sera son tour, il ne restera peut-être plus de pain. Elle vérifie dans son sac. Le portefeuille n'y est pas. Pourtant, elle l'a pris en quittant la maison, elle en est sûre. Le portefeuille, elle s'en fiche, tout usé, il ne contenait que des petits sous, mais il y avait les tickets de la semaine ! On les lui a volés. Quand ? Dans le métro, sans doute. Maman grondera, mais pas trop. C'est Papa qui va râler : toute une semaine sans pain ! Tout d'un coup, elle redevient une toute petite fille qui se met à pleurer au milieu de ces gens qui battent le pavé en regardant droit devant eux, et que les larmes de l'enfant ne semblent pas émouvoir le moins du monde.

Deux *Feldgrau* viennent à passer. Ils rient et plaisantent dans leur sabir. Maintenant, ils ne rient plus. Ils se sont arrêtés devant l'adolescente. L'un d'eux lui tend un mouchoir à carreaux verts et bruns et lui demande ce qui lui arrive dans un français parfait, teinté seulement d'un léger accent. En guise de réponse elle émet un sanglot, tandis que les gens dans la queue font semblant de ne rien entendre : les Boches, on les ignore. C'est ça, leur résistance, et c'est mieux que rien. La fin de la guerre est proche, on le sait, on le sent. Pas question de se faire traiter de collabo, après, quand tout sera fini. Mais la gamine s'en moque, de la résistance : elle n'a plus de tickets, c'est tout ce qui lui importe. Les Chleuhs lui font signe de les suivre : la *Kommandantur* n'est pas loin. Elle n'a rien à craindre, dit le brun. Le blond confirme d'un hochement de tête. Le brun dit : Je m'appelle Heinz. Lui, c'est Kurt. Ma nourrice était belge, c'est pour ça, mon accent.

Pourquoi lui raconte-t-il ça ? Elle n'en a rien à faire, tout ce qu'elle sait, c'est qu'elle a perdu ses tickets ! Mais lui, il est content de parler cette langue qu'il aime. Bien sûr, il la parle depuis qu'il est à Paris, dans les magasins et au restaurant. Dans son travail aussi, quand on interroge les suspects. Traduire, il aime ça. Les coups, la baignoire, non. La torture, il ne s'y fait pas. Ce qu'il aime, c'est Molière et Racine, c'est Balzac et Hugo. Tout cela, il ne peut pas le dire à la gamine, mais il le pense tellement fort que peut-être elle l'entend : il lui inspire confiance, ce grand brun au large sourire. À présent, elle répond à ses questions. Elle lui dit le nom du collège moderne où elle va en classe. Et son prénom : Jeannette. Ils sont arrivés devant la *Kommandantur* : Reste ici, je reviens tout de suite.

Elle pourrait s'en aller, mais non, elle fait comme il a dit : elle attend. Quelques minutes à peine et le voilà. Enveloppée dans un torchon, il lui tend une grosse miche : un kilo au moins. Du vrai pain, et blanc. Depuis combien de temps n'a-t-elle plus mangé de pain blanc ? Pour toi et ta famille, dit-il. Et il ajoute dans un sourire : Reviens après-demain à la même heure, je t'en donnerai une autre.

Elle ne pense pas à dire merci. Elle prend ses jambes à son cou et court, court jusqu'au prochain métro, la miche serrée entre ses bras. Elle pense : Si on m'arrête, qu'est-ce que je dis ? Alors elle cache la miche sous son manteau, et ça lui fait un ventre de femme enceinte. Enceinte à mon âge ! et elle rit en montant dans la rame. Et elle sourit encore, tout au long du trajet, en soutenant son ventre à chaque cahot. Le nez plongé dans leur *Petit Parisien*, les voyageurs ne voient pas l'adolescente grosse de son pain.

***

Papa a demandé d'où ça venait : pas de la boulangerie, assurément !

Il a fallu dire la vérité. Cette colère ! Il l'a giflée. La première et la dernière gifle jamais reçue.

– Ne fais plus jamais ça ! Tu m'entends ? Plus jamais ! Et à Maman : Tu vois où ça nous a menés, de l'habiller comme tu fais ! Ta fille...

– Mais elle n'a rien fait de mal ! pleurniche Maman.

– Rien ? Accepter le pain de l'occupant ?

– Elle ne le fera plus ! N'est-ce pas, ma chérie ?

– Non, non, sanglote la fillette. Plus jamais ! Je promets !

– Personne ne t'a vue, au moins ?

– Non ! Je l'ai caché sous mon manteau.

– Et maligne, avec ça ! grogne le père, un peu rassuré malgré tout.

Ce soir-là, on l'a envoyée au lit sans manger, sans même goûter le beau pain blanc que Papa a jeté dans la poubelle. Jeannette, depuis sa chambre, a entendu Maman se lamenter : Quel dommage, tout de même !

Papa alors l'a ressorti du seau à ordures. Enfin un peu raisonnable ! soupire Maman. Mais elle se trompe : personne ne mangera de ce pain-là. Seulement, il ne faut pas que les voisins sachent. S'ils venaient à fouiller dans les poubelles... En ces temps de restrictions où chacun jalouse son prochain, où chacun, en bon Français anonyme, est prêt à dénoncer le monde entier, il faut se méfier de tout et de tous, et même de sa propre fille, si ça se trouve. Il dépose la miche dans une bassine qu'il place sous le robinet de l'évier où elle se délite en grumeaux : Collabo, moi ? Jamais ! prononce-t-il en guise d'oraison funèbre à l'adresse du défunté froment.

Elle ne retourne pas à la *Kommandantur*. C'est Heinz qui la retrouve. Il l'attend à la sortie du collège. Elle fait mine de ne pas le voir : on ne se commet pas avec les Boches ! Cela, elle l'a compris, Papa le lui a bien expliqué et sa joue s'en souvient, dont la rougeur n'a pas encore tout à fait disparu. Il la dépasse, s'arrête :

– Tu ne veux pas me parler ?

– Je n'ai pas le droit.

– J'ai un pain pour toi.

– Mes parents n'en veulent pas.

– Je comprends... mais on peut le manger ensemble, non ?

– Il faut que je rentre : Maman m'attend.

– Regarde comme il est beau : tout frais de ce matin. Tu n'as pas envie ?

Bien sûr, le pain lui fait envie.

Il ouvre la marche, elle le suit. Il entre dans un hôtel. Elle fait comme il lui a dit : elle attend un moment et entre à son tour. Dans la chambre, cette chaleur, cette incroyable chaleur alors que partout ailleurs, on gèle... Il la débarrasse de son manteau qu'il dépose sur la chaise. Ils sont debout près du lit, il la prend dans ses bras. Il est beaucoup plus grand qu'elle. Il ne l'embrasse pas, il la regarde. Son visage est tellement près du sien qu'il se fait flou. Maintenant, il déboutonne sa robe. Les boutons sont tout petits, ils résistent, mais il ne semble pas pressé. La robe tombe à ses pieds. La combinaison, à présent. Elle ne porte pas de soutien-gorge. Sa culotte est en coton blanc, une culotte de petite fille. Elle n'a plus que ses chaussures et ses socquettes. Il l'assied sur le lit et se met à genoux. Il défait la bride des chaussures et lui retire ses socquettes, très lentement. Sa gêne, sa honte de se trouver nue devant cet inconnu... alors, malgré la chaleur, ces mots : J'ai froid.

Il ouvre le lit et la couvre. Seuls ses yeux et ses cheveux sont visibles. Il se tourne et se déshabille à son tour. Il s'allonge près d'elle et demande :

– Tu as faim ?

– Un peu.

Alors, il l'assied dans le lit, calée par les oreillers. Il prend la miche, la rompt avec ses mains, ses mains d'homme, grandes et belles, aux ongles soignés. Un morceau pour elle, un pour lui. Ils mangent en silence. Ensuite, il chasse les miettes tombées entre les draps et sur le couvre-lit.

Maintenant, il lui fait ce qu'il a su qu'il lui ferait dès le moment où il l'a vue. Mais là encore, il prend son temps. Quand c'est terminé, il la recouvre et la rassure : Ne crains rien, j'ai fait attention. Il lit l'interrogation dans ses yeux. Alors, il lui explique. Elle n'avait pas du tout pensé à ça, mais à présent, elle est contente qu'il y ait pensé, lui.

– La première fois, c'est toujours comme ça, on ne sent pas grand-chose. Mais tu verras, ça viendra. Tu veux bien qu'on recommence ?

– Tout de suite ?

– Non, demain, ou après-demain.

– Je veux bien…

Alors, il fait monter une bouteille de bière. Elle n'y a jamais goûté, il n'y a pas d'alcool à la maison. Amer, pas bon du tout. Elle boit tout de même, pour ne pas le froisser. Bientôt, la bière atténue sa douleur.

Tous les deux jours, après les cours, elle vient là. La copine qui la couvre s'est fait prier, mais moyennant une demi-miche tous les deux jours, elle a fini par dire oui. Quand elle arrive, il est déjà dans la chambre. À l'accueil, on ne lui pose pas de questions : les Boches sont encore les maîtres, même si chacun pressent que ce n'est plus pour très longtemps.

Et puis, un jour, elle l'attend, il ne vient pas. C'est presque un soulagement, parce que ce qu'ils font ensemble, ou plutôt ce qu'il lui fait, lui, s'il n'y avait pas le pain… Pourtant, elle l'attend encore, parce que c'est ce qu'il a ordonné.

Elle a attendu longtemps. Il n'est plus revenu. Noyé dans la Baltique, ou disparu comme tant d'autres dans un camp au fin fond de la Sibérie…

***

Elle commande une autre bière. Elle la boit à petites gorgées en songeant : C'est tellement bête, la vie… tout ce qu'on a, c'est des petits plaisirs : la bière, ça, ça existe vraiment. Elle en commande une autre, l'avale d'un trait. Comment l'aurait-elle appelé ? Pas Heinz, pour sûr… Heinz, qui pourtant faisait bien attention… Elle revoit la cuisine, et elle, allongée sur la table, et la femme qui s'approche. C'est peut-être pour ça qu'après, son ventre n'a plus voulu. Elle frissonne. Il ne fait pas si froid, pourtant... Une bière encore. Elle l'avale d'un trait. Une sirène au loin. Une sirène... Et tout d'un coup, cela aussi lui revient...

***

Elle est venue avec ses parents mais la foule les a séparés presque tout de suite. Tant pis, elle les retrouvera à la maison. Ils ne la gronderont pas : aujourd'hui est un jour spécial, un de ceux dont on conservera le souvenir, dût-on vivre cent ans. Elle a acclamé de Gaulle sur les Champs Elysées. Elle s'est laissé porter par la foule jusque sur le parvis de Notre-Dame. Et puis, elle a marché comme tout le monde, comme tout le monde elle a embrassé des centaines d'inconnus, elle a ri, elle a chanté, elle a dansé.

La voilà à la Bastille. La nuit est tombée, mais la foule est toujours aussi dense. Ses pieds ne sont plus qu'une plaie brûlée par les semelles de bois, mais elle n'a pas envie de rentrer. Personne n'a envie de rentrer. Et tout d'un coup, les sirènes, et tout de suite après, le vrombissement lourd des bombardiers. Elle devrait faire comme les autres : courir à perdre haleine jusqu'à la prochaine station, descendre dans le ventre de la terre. Mais non. Cette nuit, elle ne bougera pas, et tant pis si c'est la fin. Non ! La fin, ça ne peut pas être maintenant, puisque Paris vient d'être libéré. Alors, elle reste là, tête renversée, et ses yeux grands ouverts scrutent le ciel. Les bombes pleuvent. Le ciel est rouge sang. Le nez en l'air, elle pense : Paris est en flammes, et c'est beau. Et la voilà qui vibre, et qui tremble de tout son corps. Un gémissement rauque de bête blessée né du plus profond de ses entrailles jaillit. Comme... comme quand elle était sous lui.

***

Le lendemain, elle est dans le train. Ce train qui la ramène dans ce Mulhouse triste et laid, le Mulhouse de Robert, mariage raté. Il était gentil, rien à lui reprocher, mais... paix à son âme.

Assis en face d'elle, un homme jeune, teint clair, cheveux noirs. Il lit. C'est un journal allemand. Alors elle se met à fredonner : *Ich habe noch ein Koffer in Berlin...*

Quelle connerie, la guerre...

Elle ne comprend les paroles que parce qu'elle en a lu la traduction. Elles sont belles, même en français.

Elle chantonne toujours. Juste la mélodie, pas les mots, parce qu'elle sait bien que son accent est à pleurer.

L'inconnu lève les yeux. Il lui sourit. Elle lui sourit aussi.

Incompressible

Je ne dormais toujours pas, parce que juste avant de me coucher, je m'étais énervé à cause d'une conserve qui ne s'ouvrait pas. J'avais balancé la boîte contre le mur, c'est toujours ce que je fais dans ces moments-là, et après, impossible de me calmer. En plus, cette nuit-là, ils gueulaient encore plus fort que d'habitude, alors pioncer, hein... Mais un peu avant l'aube ils avaient fini par la boucler ; c'est là que l'idée m'est venue : je me suis dit que si j'avais quelqu'un à qui écrire, alors, oui, les mots que je n'ai jamais su dire à personne, ces mots-là, peut-être ils viendraient. Mais écrire... Chez moi, personne n'a jamais écrit. Et avec les copains non plus, on ne s'écrivait pas. On passait du temps ensemble, on faisait les cons, on se foutait sur la gueule, mais écrire, ça non. De toute façon, la famille, les copains, ça faisait bien trop loin dans le temps. Ce qu'il me fallait, c'était quelqu'un que je ne connaissais pas, que je ne verrais sans doute jamais. J'inventerais des histoires, et elle me répondrait. Parce que oui, tant qu'à faire, il vaudrait mieux que ce soit une femme. Les femmes, on peut leur dire des choses qu'aux hommes on ne dit pas. Du moins, c'est ce qu'il me semble. Parce que jusqu'à présent, à elles non plus, je n'avais jamais vraiment parlé. Il faut croire que je n'avais rien à leur dire. Et puis même, je crois que parler aux femmes, ça m'aurait fait me sentir une lavette. J'avais bien mieux à faire avec elles, avant. Les mots, c'était vraiment pour les tapettes, les mauviettes, les impuissants.

Quelques jours plus tard, j'ai posé la question à ma visiteuse, une vieille un peu nunuche, moche de chez moche mais plutôt gentille. Pourtant, à elle non plus je ne disais rien de moi. Elle a hésité un peu, et puis elle a fini par répondre que oui, j'avais le droit de passer une annonce.

J'ai compté mes sous, il y en avait assez pour trois : deux dans des journaux et l'autre dans une revue. Il n'y a pas eu de réponses. Je me suis dit que c'était sûrement à cause de mon style - plus nul y'a pas - et que je ferais mieux d'essayer autrement. J'ai emprunté un magazine et là, je suis tombé sur une annonce qui m'a semblé bien. J'ai répondu. Une longue lettre. Je ne parlais pas beaucoup de moi, juste où j'étais, pour qu'elle sache tout de même. Pour le reste, je parlais uniquement des livres que je lisais, parce que depuis quelque temps j'en lis beaucoup, une vraie boulimie, moi qui n'avais jamais ouvert un bouquin avant - les bouquins, c'est pour les gonzesses, que je me disais - mais ici, à part la muscu, la télé et se palucher, y'a pas grand-chose à glander, alors oui, les bouquins. Plein. Des polars surtout, mais pas que. J'ai envoyé ma lettre par la voie normale - un coup de bluff - et va savoir par quel miracle, elle est passée. Et la dame m'a répondu. Une belle lettre. Quatre pages. Elle ne posait pas de questions. Apparemment elle avait compris qu'il valait mieux pas. De toute manière, je lui avais menti dans ma lettre, et c'était sans doute là l'erreur, c'était bête de lui avoir dit que je sortais bientôt. Elle s'étonnait un peu, mais oui, finalement, après réflexion, pourquoi pas, elle était d'accord pour qu'on s'écrive, et pour qu'on parle des livres qu'on avait aimés, elle aussi lisait beaucoup, ça tombait bien, on allait avoir des tas de choses à partager, même si on ne lisait pas le même genre de bouquins, ce n'était pas grave, pas grave du tout qu'elle disait. Du coup, elle non plus n'avait rien dit d'elle, je savais seulement qu'elle aimait lire et écrire, une vraie passion qu'elle disait.

Vraiment, j'étais bien tombé. J'aurais bien voulu qu'elle m'envoie une photo, juste pour me faire une idée, pour savoir un peu à qui j'allais écrire, mais lui demander aurait été difficile. Déjà parce qu'il aurait fallu lui envoyer la mienne. Me faire beau, encore, j'aurais pu me débrouiller, mais comment faire la photo ? Je n'en avais gardé aucune du temps d'avant. Il faudrait donc s'en passer. Peut-être qu'un jour, sans que je lui demande, elle m'en enverrait. C'était à espérer. À espérer, mais pas à demander.

Quand ma visiteuse est revenue, je lui ai montré la lettre. J'avais déjà fait la réponse. Mais celle-là, je ne l'ai pas montrée. Je l'avais mise dans une enveloppe avec l'adresse, et l'enveloppe je l'avais fermée. Je voulais juste qu'elle la poste pour moi, parce que les matons, hein... D'abord, elle a dit non, à cause du règlement. Mais moi, je lui ai fait les yeux doux, comme je sais faire, alors elle a fini par mettre l'enveloppe dans son sac.

Ma correspondante n'a plus répondu. Je lui ai encore envoyé trois lettres, c'est ma visiteuse qui les postait. Maintenant, quand elle venait, la plupart du temps, je ne disais rien, juste oui et non. Elle a remarqué que je commençais à maigrir. Les matons lui ont dit que je ne mangeais plus. Alors, elle a bien été obligée de m'avouer qu'elle avait écrit à la dame pour lui dire les raisons de mon incarcération. Après ça, plus de lettres, évidemment.

Il fallait que je retente ma chance. Mais cette fois, sans en rien dire à ma visiteuse. Comment j'aurais encore pu lui faire confiance ? J'ai réfléchi. L'aumônier. Mais oui, l'aumônier ! Tout cureton qu'il était, il devait tout de même être humain. Et de toute façon, c'est tout ce qui me restait. Bien sûr, il y avait des risques, mais je les avais bien calculés. Je ne le connaissais pas du tout, alors j'ai commencé par assister à la messe, et un peu plus tard, je me suis confessé. Il faut bien faire semblant, parfois. Finalement, je lui ai dit ce que j'avais dans la tête. Pas à confesse, non, ça n'aurait pas été le bon endroit. Mais quand il a commencé à venir me voir.

Il n'a pas le droit, mais il a accepté. Il m'autorise même à utiliser son adresse pour qu'elle écrive chez lui. Cette fois, je suis sûr que ça va marcher.

J'ai trouvé une annonce qui me plaît. Je lui ai donné ma lettre, à l'aumônier. Je sais déjà ce que je mettrai dans la deuxième, et dans les suivantes aussi. Je ne dirai rien du tout de moi, rien de rien. Pas même de la vie, ici. De toute façon, pour ce qu'il y a à en dire : la promiscuité, les cris, les engueulades, la violence, le bruit, le bruit tout le temps, et le temps qui ne passe pas, cette saloperie de temps... À quoi bon parler de tout ça ? Non, je parlerai seulement des livres.

Dans trente-deux jours, ça fera cinq ans. Ça veut dire encore au moins vingt-cinq. À condition de ne pas déconner. Sage. Toujours très sage. Alors, pour être sûr de bien faire, pour mettre toutes les chances de mon côté, j'ai décidé. Je ne vais pas lésiner. Dès demain, je demande à m'inscrire aux cours, pour le brevet des collèges. Et je vais participer aux ateliers et aux activités. Et puis, je vais demander à travailler, aussi. Mais ça, c'est pour les sous. Parce que mes vieux n'envoient plus rien. Si je bosse, je pourrai cantiner.

Vingt-cinq ans, au mieux. Et en attendant, personne. Personne à qui en parler. Parce que cette absence de regret, cette absence de remords, personne ne comprendrait. Autant me taire.

Elle n'a pas encore répondu, mais je sais qu'elle le fera. Parfois, la nuit, quand je ne dors pas, je la vois, elle est là devant moi : rousse avec de grands yeux verts, et son sourire. Elle sourit toujours. C'est pour ça que je ne veux pas de photo. Juste ses lettres. Ses mots, ce sera bien assez. Bien assez pour m'évader de cet enfer.

Je lui dirai peut-être un jour, plus tard. Petit à petit, je la mettrai sur la voie. Pour dire cette vérité-là, il me faudra du temps. Mais qu'importe. Le temps, ici, c'est bien la seule chose qui ne manque pas.

Hamster

Il venait de publier *L'expression des émotions chez l'homme et les animaux*, mais de cela, je ne savais rien, lorsque sur ce trottoir par le plus grand des hasards nous nous heurtâmes ce soir-là. Il bafouilla quelques mots d'excuses, et je vis son regard. Un regard étrangement triste, à peine estompé par un brouillard épais qui rappelait un peu le fog londonien.

Je n'étais plus toute jeune, loin de là. Veuve depuis peu et toute à mon récent chagrin, je n'attendais plus grand-chose de la vie, et surtout pas une aventure amoureuse. Pourtant, je ne refusai pas lorsqu'il poussa la porte de l'estaminet. Sans l'ombre d'une hésitation, moi, l'irréprochable petite bourgeoise qui jamais n'avait franchi le seuil d'un tel établissement, je le suivis.

Je demandai une limonade. Lui, un demi de bière brune, à défaut de la stout qu'on ne servait pas en ce lieu.

Je ne levais pas les yeux vers lui, mais je sentais bien qu'il m'observait. Après un long silence, dans un français dont le chic était encore augmenté par un léger accent d'outre-Manche, il prononça tout à trac et comme s'il s'agissait d'une incontournable évidence : L'homme n'est jamais qu'un mammifère de plus.

– Et la femme ? fis-je sans réfléchir, espérant peut-être engager la conversation. Attendais-je un compliment ? Non, certainement pas. À mon âge et avec mon chagrin... J'étais bien loin de ces folies de donzelle !

– Pardon ? dit-il, comme s'il n'avait pas entendu.

– Et la femme ? répétai-je avec un aplomb qui ne m'était pas coutumier.

– La femme aussi, se contenta-t-il de répondre, le nez plongé dans son bock. Regardez-vous, ajouta-t-il. Regardez-vous bien.

– Eh bien, quoi ?

– Vous ne voyez donc pas ?

– Je vieillis. À vue d'œil, je vieillis. Surtout depuis que...

– Nous vieillissons tous. Mais vous, vous ne voyez rien ?

– Mes bajoues, peut-être...

– Exactement, fit-il. Vous êtes de la famille des hamsters, comme je suis de celle des bassets artésiens. Avez-vous remarqué que ces chiens-là ne sourient jamais ? ajouta-t-il en passant en guise de peigne, ses doigts dans sa longue barbe grise.

N'ayant aucun goût pour les animaux, fussent-ils domestiques, je ne savais rien des bassets artésiens et encore moins des hamsters, sinon qu'en effet, ces derniers étaient réputés pour leurs bajoues. Mais les miennes étaient celles d'une femme que la soixantaine n'effrayait d'aucune manière, puisque aimée, je l'avais été, oh ! combien. Je n'attendais plus rien de la vie. Mes souvenirs suffiraient bien à me tenir chaud tout au long des années qui me restaient à vivre. Alors, bajoues ou pas, quelle importance ?

Mais j'avais beau me croire, me vouloir désabusée... que cet inconnu me comparât à un rongeur me froissa malgré tout. Et cette sensation - pour ne pas dire ce sentiment - m'emplit de honte et de dégoût. Je me reprochai immédiatement ce reste d'amour propre mâtiné de coquetterie. Pour ne rien laisser paraître de mon désarroi, je pris le parti d'en rire.

– Votre rire... Comment dit-on, en français ? Vous avez une expression, pour ce rire-là. *Aoh Yes* ! Jaune. *Yes* ! Jaune, votre rire.

– Pas du tout ! m'insurgeai-je. Mais j'eus beau jouer l'indifférence et la placidité, j'avais ri, et oui, ce rire avait été jaune, et d'un jaune des plus affirmés.

– Pardonnez-moi, je vous ai fripée.

– On dit : froissée.

– *Aoh yes* ! Froissée ! Encore une fois, pardonnez-moi.

– Il n'y a rien à pardonner ! À mon âge, vous pensez...

– Il n'y a pas d'âge pour être blessée. Aussi je vous demande une nouvelle fois de me pardonner. C'est pure maladresse, voyez-vous. Parce que les animaux et moi...

– Les animaux et vous ?

– *It's a long, a very long story*... C'est une très longue histoire, vous savez...

– Vous voulez bien me la raconter ?

– *Aoh no* ! Ce serait trop long. Mais demain, si vous voulez, nous irons au Jardin des Plantes. Là, je vous montrerai et vous comprendrez.

– C'est un rendez-vous, que vous me donnez-là.

– En quelque sorte. Mais rassurez-vous, je suis bien plus vieux que vous, vous ne risquez pas grand-chose.

– Vous n'êtes pas si vieux que ça, hasardai-je, dans le but peut-être de lui faire oublier le jaune de mon rire.

– Soixante-cinq, le prochain mois.

– C'est bien ce que je disais. Vous ne me battez que de deux toutes petites longueurs.

– Alors, c'est d'accord ? Demain, dix heures, au Jardin des Plantes ?

– Après tout, si vous y tenez, pourquoi pas.

– Détrompez-vous, ce n'est pas moi qui y tiens, c'est vous, dit-il.

Et une fois de plus, je me sentis vexée, froissée, blessée. D'où un nouveau rire, plus jaune encore s'il se peut, que le précédent.

– Je vous ai encore fripée !

– On dit : froissée, blessée, vexée ! Pas fripée !

– Oui, oui : froissée, blessée, vexée. Pardonnez-moi. Je suis un… Comment dites-vous, déjà ? Vous avez un très beau mot pour ça…

– Un goujat. Vous êtes un goujat.

– Exactement ! Quel joli mot ! Je l'aime ! *Aoh* comme je l'aime, ce mot-là !

Et en guise de salut, il pinça ma joue gauche, la plus fripée, justement, la plus détendue, celle qui ressemblait le plus à une bajoue de hamster.

Je rentrai chez moi, et me couchai bien décidée à rester au chaud dans mon lit jusqu'à midi au moins. Non mais ! Ce malotru ! Jamais, non, jamais il ne me reverrait !

Le lendemain, à dix heures, j'étais devant le grand portail du Jardin des Plantes. À dix heures et demie, je m'apprêtais à m’en aller - il m’avait oubliée, quel fieffé goujat, décidément - quand je le vis arriver en courant, tout essoufflé et suant.

– Pardonnez-moi, fit-il, haletant, j’ai été retenu dans ma pension, rue Morgue. Il y a eu cette nuit un double assassinat !

– Ce n’est pas très joli, de me raconter des histoires, vous savez...

– Des histoires ?

– Mais oui ! C’était il y a plus de trente ans, et ça n’a jamais eu lieu vraiment ! Je lis, figurez-vous. Je lis beaucoup.

– Pardonnez-moi doublement, alors. Pour le double assassinat et le mensonge. La vérité...

– La vérité ?

– Je ne me suis pas réveillé, la voilà, la vérité.

– Évidement, c’est moins rocambolesque...

– Parce que vous lisez aussi les feuilletons ?

– Vous connaissez ? Et oui, je lis tout, Monsieur, tout ce qui me tombe sous les yeux. Une vraie boulimie.

– Mais moi, vous ne m’avez pas lu.

– Parce que vous écrivez ?

– Oui, mais ce ne sont pas des romans.

– Moi, ce sont surtout des romans, ce que je lis. Quelques nouvelles, parfois, et un peu de poésie, mais pas trop, je n’aime pas vraiment ça. Alors comme ça, vous écrivez... Et vous écrivez quoi, si ce n’est pas trop indiscret ?

– Ce que j’écris ?... Comment dire... De la science. Oui, voilà, ce que j’écris, c’est de la science. Enfin... j’écris pour essayer d’avancer.

– Avancer ?

– Oui, la science ! Pour faire avancer la science.

– Ah bon... moi, vous savez...

– Oui, vous, c'est les romans.

– Exactement. Vous m'en voulez ?

– Pas le moins du monde.

– Vous me faites visiter ?

– Pardon ?

– Le muséum : vous me le faites visiter ?

– À quoi bon ? Cela ne vous intéresserait pas du tout.

– Qu'en savez-vous ?

– Vous y tenez vraiment ?

– Vraiment, vraiment, je ne sais pas, mais puisque nous sommes là...

Et nous visitâmes le muséum. Et il m'expliqua. Je ne comprenais pas tout, loin de là, mais j'étais subjuguée par son érudition et plus encore par... comment dire cela... son enthousiasme froid. Je sais, les deux termes semblent s'opposer, mais en vérité, c'est ainsi qu'était son enthousiasme : froid.

Ensuite, il m'emmena déjeuner dans une gargote qu'il connaissait. Ce n'était pas très fin, mais copieux, ça oui. Il avait fier appétit ! Tandis que je touchais à peine au contenu de mon assiette, il vidait la sienne et je le regardais dévorer. C'était la première fois depuis Georges... oui, la première fois que je prenais à nouveau plaisir à regarder quelqu'un manger. C'est qu'il aimait manger, mon Georges ! Oh pour ça, oui ! C'est même ce qui avait fini par l'emporter. Mais là, c'était autre chose. Charles - oui, il s'appelait Charles - c'était un plaisir tout autre, de le regarder. Peut-être parce que c'était nouveau ? Oui, sans doute était-ce cela. La nouveauté a ses charmes, tout le monde sait cela... Après, évidemment... Mais non ! Mon Georges, j'avais aimé le regarder jusqu'au bout. Enfin, presque jusqu'au bout. Parce que les derniers mois... Parfois, je me disais : Il mange comme un porc. C'est un porc. Et il me dégoûtait. Avoir épousé un animal, quelle idée ! Il fallait que moi-même je sois bien mal dans ma peau pour épouser un porc, autant dire un cochon. C'est ce que je me disais, à la fin. Mais tout de suite je me raisonnais : Tu deviens folle, ma pauvre Gertrude. C'est de ton mari, que tu parles. De ton Georges, le Georges que tu aimes, que tu as aimé ! Ce n'est ni un porc ni un cochon, mais un homme ! Un homme, tu entends ? Et ton mari. Tu dois l'aimer.

Mais à présent, c'était du passé. Ne plus y penser ! Ne plus y penser !

Après le déjeuner - pourquoi, par quelle lubie ? - je l'invitai à prendre une tisane digestive. En un mot : je le pressai de me suivre chez moi. Il accepta.

Il me parla de ses travaux, de ses recherches. Il avait développé une théorie. Et même deux. Celle qui concernait l'évolution des espèces avait été accueillie avec une certaine bienveillance et même, depuis peu, admise par l'ensemble de la communauté scientifique. Quant à ses idées on ne peut plus farfelues - pour ne pas dire hérétiques - sur la sélection naturelle, elle faisait hurler la plupart de ses confrères. Moi, elle me faisait plutôt sourire. J'avais mis au monde onze enfants, onze enfants qui avaient grandi et s'en étaient allés au loin vivre leur vie. Onze petits devenus grands qui ne donnaient plus de nouvelles à leur maman. Alors moi, les théories ! Même si, comme me le fit très justement remarquer

Charles, la sienne n'avait absolument rien à voir avec mes onze rejetons.

Et puis, il s'arrêta de parler. Et moi, je cessai de lui poser des questions.

Il repartit le lendemain matin pour Londres, où son éditeur l'attendait.

Lorsqu'il revint, pas même un mois plus tard, je lui montrai les deux petites hamsters sibériennes dont j'avais fait l'acquisition la veille, après une première déconvenue la semaine précédente avec des hamsters dorés mâles, qui s'étaient entretués. Il les examina attentivement puis me dit le plus sérieusement du monde :

– Regardez-les bien. Notez tout ce que vous voyez, et envoyez-moi vos relations. Vous m'aiderez dans mes recherches.

– Mais je n'y connais rien !

– Vous apprendrez. Il suffit d'observer.

Alors, je lui envoyais des pages et des pages d'observations, dont je doute fort qu'elles aient pu lui être de quelque utilité que ce soit. Il me semble bien plutôt que ce travail, il me l'imposait pour que je pense à lui lorsqu'il n'était pas là. Parce que lorsqu'il venait, une fois tous les deux ou trois mois, nous ne parlions jamais de mes hamsters. Il se contentait de pincer mes bajoues de l'air le plus sérieux du monde, ce qui me mettait hors de moi. Enfin… hors de moi, pour de semblant. Parce qu'en réalité…

– Servez-vous de vos bajoues, commandait-il.

– Pardon ? demandais-je pour la forme, la bouche pleine, les yeux fermés, les joues rouges de honte - ou était-ce de plaisir, déjà ?

– Faites le hamster !

Alors moi, je faisais le hamster. Et mes bajoues se remplissaient, se remplissaient...

Et puis, il s'en est allé. Parti pour de bon. Comme Georges. Il faut croire que les hommes sont comme ça. Tous, ils nous abandonnent. Tous. Toujours.

Depuis, je regarde mes petites sibériennes. Quand l'une des deux meurt, je la remplace. Je les regarde pédaler comme des folles, et je me souviens du temps d'avant. Georges... Charles... et je me dis : Tu n'as pas à te plaindre, deux hommes dans une vie, tout le monde n'a pas ta chance... Et surtout, pendant que je regarde mes stupides bestioles qui s'acharnent à faire tourner leur roue, je ne pense pas à mes bajoues.

Arthur

Il s'arrêta, incertain. Il lui était difficile de se repérer dans ce décor qui pourtant aurait dû lui être familier, puisque c'était là qu'il avait grandi, là qu'il avait vécu. Combien d'années ? Qu'importe ! Toute sa vie, oui, toute sa vie jusqu'au jour où...

Quand donc était-ce ? Il n'y avait pas si longtemps, non, pas si longtemps.

Il aurait dû tout reconnaître, oui, tout... sauf qu'aujourd'hui, plus rien ne ressemblait à rien. Ni le portail, ni la grille, ni l'allée qui menait à la maison - le *Château*, comme disaient pompeusement les gens du village, et ça faisait bien rire Agnès, et lui aussi ça l'amusait : château, quelle idée, non mais ! Pas de château qui tienne, C'était la *Maison*, un point c'est tout. La maison où ils avaient vécu, où ils avaient coulé des jours heureux.

Où était-il né ? Il ne s'en souvenait pas très bien. Un endroit gris et froid ; et un jour : eux deux. Il ne connaissait pas encore leurs noms à ce moment-là, mais déjà il savait qu'il les aimerait. En fait, il les avait aimés tout de suite. Au premier sourire. Elle l'avait pris dans ses bras. Il sentait son souffle chaud sur lui, et elle avait dit : Arthur. Tu t'appelles Arthur.

– Ça te va ? demanda-t-elle à son compagnon qui sans doute s'attendait à tout sauf à ce prénom désuet.

– Arthur ? fit-il.

– Oui, parce que Rimbaud.

– Ah ! Si c'est à cause de Rimbaud, rien à dire, je m'incline.

Il n'avait pas même eu un regard pour celles qui depuis sa naissance avaient pris soin de lui. Dans l'auto qui les menait au *Château*, il avait regardé par la fenêtre le paysage qui défilait, les murets de pierre sèche et les rangées de peupliers qui bordaient la route, ah ! ces peupliers, cette parfaite verticalité, un trait noir, un trait blanc, combien déjà il les aimait !

La maison, malgré ses airs imposants avec sa façade en pierre de taille et ses fenêtres à meneaux, n'avait vraiment pas grand-chose d'un château mais tout d'une ferme, au moins pour ce qui l'entourait. Des animaux, plein d'animaux : des chevaux, des lapins, des poules, des pintades - ces éternelles muettes - des oies... Et un peu plus loin, les vignes, les oliviers...

Les oies suivaient Rémy partout, parce que c'est lui qui les avait achetées au marché, lui qu'elles avaient vu le premier, alors elles s'étaient attachées, il était quelque chose comme leur papa et ça, ça rendait Arthur un peu jaloux, parce que Rémy, c'était son papa à lui et à personne d'autre. Heureusement, les oies ne s'intéressaient pas du tout à Agnès, alors elle était tout entière à lui, sa maman à lui seul.

Et puis un jour, Rémy était parti. Presque tout de suite, Baptiste était venu habiter avec Agnès dans la maison, et même dans la chambre.

Au tout début, Arthur avait été un peu triste, mais comme Baptiste était très gentil, il s'était vite consolé. Après tout, la seule chose qui comptait vraiment, c'était d'avoir un papa et une maman. Et là, même si ce n'était plus le même, il en avait bien un de papa. Quant à sa maman, elle était toujours là et ça, c'était tout de même le plus important. La nuit, il ne dormait plus dans la chambre, parce que Baptiste avait décrété qu'à présent il était trop grand. Mais au moment de sa sieste dans la bibliothèque, il la suivait parce qu'il savait qu'elle lui ferait une petite place près d'elle. Elle mettait son doigt sur ses lèvres en souriant : Chut ! Tu ne lui diras rien n'est-ce pas ? Ce canapé, c'est notre secret !

Et puis, Baptiste lui aussi s'en était allé.

Fulvio n'avait pas tardé à le remplacer tout pareil, dans la maison et dans la chambre aussi, et encore une fois Arthur s'était consolé, et même mieux que ça, parce que comparé à Rémy et à Baptiste, Fulvio, c'était le roi des papas. Comme il travaillait à la maison - il dessinait des choses étranges qu'on ne reconnaissait jamais mais qui apparemment plaisaient à Agnès, puisqu'elle applaudissait à chaque fois qu'il lui montrait une nouvelle *œuvre*, comme il appelait ses gribouillis - il avait du temps pour Arthur. Alors, pendant qu'Agnès allait à son étude d'avocat ou au tribunal où elle plaidait, c'était des jeux entre garçons, des jeux et encore des jeux, presque toute la journée.

Et puis, il y avait eu ce jour-là. Elle n'était pas revenue du tribunal, et pas davantage le lendemain. Arthur n'avait pas compris tout de suite, mais en voyant Fulvio qui pleurait, il s'était dit que quelque chose de très triste venait d'arriver.

Agnès n'était jamais revenue. De temps en temps, Fulvio et lui allaient se promener dans un jardin pas gai du tout, où on n'avait le droit ni de courir ni de jouer. Ce n'était vraiment pas drôle. Non, vraiment pas. Et d'autant moins qu'à la maison, Fulvio ne jouait plus non plus. Alors, Arthur jouait tout seul. Il lançait sa balle contre le mur, ou plus loin, et tout de suite après l'avoir lancée, il courait après tâchant de la rattraper. Mais ce n'était pas pareil. Pas du tout aussi amusant qu'à deux. Non, pas du tout.

Rémy et Baptiste venaient de temps en temps, mais ce n'était pas plus joyeux pour autant. Parfois même, Arthur les voyait qui pleuraient avec Fulvio. C'était bizarre, ces trois grands bonshommes qui comme des gamins, ensemble pleuraient…

Arthur, lui, ne pleurait jamais. Bien sûr, Agnès lui manquait, mais ce n'était pas une raison pour être triste. Une pensée un peu grise de temps à autre, oui, sans doute, mais vite, vite il la chassait. Il s'asseyait sur le perron, et de là, il regardait le domaine, les champs, les vignes, l'oliveraie, l'horizon, et c'était beau, et c'était bien.

Et un jour il y avait eu cette auto. On l'y avait fait monter. Bien sûr, on lui avait expliqué, mais il n'avait pas compris. Pas tout compris. Assez pourtant pour savoir qu'il quittait la maison. Parce qu'il avait vu les valises et les cartons. Et quand il y avait des valises, ça voulait dire qu'on partait. Avant, c'était joyeux, les valises. Plus maintenant. Alors même s'il n'avait pas tout compris, il avait compris ça au moins : Fulvio s'en allait lui aussi. Trop triste sans Agnès, il ne pouvait plus vivre ici.

Oui, bon, d'accord, mais Arthur, il pouvait encore y vivre, lui ! C'était sa maison, celle où il avait grandi entre sa maman et ses papas ! On n'avait pas le droit de l'en chasser, non, pas le droit !

Mais il avait eu beau pleurer et supplier et argumenter, personne ne l'avait écouté. Alors, de guerre lasse, poli et bien élevé, il était monté dans la voiture sans plus rechigner.

On l'avait emmené dans un endroit tout pas beau. Heureusement, une dame et un monsieur étaient bien vite venus le chercher. Annette et Robert. C'était leurs noms. Leur maison était grande et belle. Pas aussi grande et pas aussi belle que la maison d'Agnès, mais grande et belle tout de même. Et surtout, un très grand jardin où il pouvait jouer autant qu'il voulait.

Ils étaient gentils, Annette et Robert. Oui, très gentils tous les deux. Mais même après tout ce temps - combien, il n'aurait pas su dire ... - il avait bien du mal à penser à eux en se disant : Ma Maman, mon Papa. Maman, c'était Agnès, et des papas il en avait eu trois, c'était bien suffisant.

Et puis, toute grande et belle qu'elle était, leur maison n'était pas *La Maison*.

Alors, il avait attendu. Longtemps. Et quand ce matin Robert était parti au travail en oubliant de refermer le portail, il était sorti du jardin.

Il était revenu ici, il avait retrouvé le chemin, ça n'était pas bien compliqué.

Mais maintenant, ils étaient là et ils parlaient dans leur téléphone : Nous l'avons retrouvé... Oui, oui, c'est bien sa puce, c'est bien son collier : Arthur de Malepanse, c'est bien son nom ? Un briard, n'est-ce pas ?... Mais non, vous n'avez pas à nous remercier, nous ne faisons que notre métier... On vous le ramène ?... Vous préférez venir le chercher ?... Parfait. Il vous attend.

L'alternateur

C'est sûrement l'alternateur. C'est toujours l'alternateur. Il ne passe personne dans ce chemin de terre. Il ne passe jamais personne. Et en plus, il pleut.

Assis dans la voiture au beau milieu du chemin de terre où la voiture s'embourbe peu à peu, il pense. Il n'y a rien d'autre à faire de toute façon. Attendre que quelqu'un passe malgré tout, malgré la pluie et le soir qui tombe, et penser.

Elles s'en vont toutes. Toutes, elles le lâchent. Comme cette saleté d'alternateur. Pourquoi s'en vont-elles toutes. Sa femme pour commencer. Elle l'aimait, et il l'aimait. Pourtant, elle était partie. Même pas partie pour un autre, cela encore il l'aurait compris, il aurait eu mal mais il aurait compris. Beaucoup plus tard elle s'était remariée et avait eu un autre enfant. Mais quand elle était partie c'était pour personne. Elle était seulement partie. Un jour elle lui avait dit : C'est fini, je m'en vais. Elle l'avait aimé, et puis elle ne l'avait plus aimé. Du tout. C'était tout simple. Il n'y avait rien à expliquer.

Il en avait rencontré une autre, qui travaillait avec lui. Il était devenu amoureux. Il aurait voulu vivre avec elle. Mais elle avait préféré une solution intermédiaire, comme elle disait. Il avait acheté l'appartement juste en face du sien. Sur le même palier. Et puis, quand il avait eu acheté l'appartement - toute sa famille l'avait aidé - elle n'avait plus voulu. Elle non plus n'était pas partie avec un autre. Elle avait seulement dit un jour : C'est fini nous deux, je ne veux plus. Elle l'avait aimé, puis elle ne l'avait plus aimé. Comme c'est simple. Il n'y a rien à expliquer.

Ensuite il en avait rencontré une autre encore, et tout de suite il avait été amoureux. Il avait vendu l'appartement, rendu l'argent à la famille, et il était allé vivre chez elle. Ils avaient vécu ensemble cinq années, avec son fils à elle, dans cet appartement beaucoup trop petit. Et puis ils avaient déménagé, dans un appartement pas beaucoup plus grand, mais bien à eux. Ils avaient fait des dettes. Il faudrait rembourser. Ça allait prendre très longtemps. Tant mieux, se disait-il, au moins elle va rester. Mais ils n'y avaient habité ensemble qu'à peine une année. Après, elle était partie, elle aussi. Avec le voisin du dessus. Pour changer.

Cela fait un mois qu'elle s'en est allée, pense-t-il. Il va falloir songer à revendre l'appartement. Seul, je ne pourrai jamais rembourser. En attendant je pourrai toujours reprendre ma chambre chez mes parents, ils n'y ont jamais touché. Il y a mon lit, toutes mes affaires d'avant, je peux bien y retourner. Mais pourquoi s'en vont-elles toutes. Pourquoi elles me lâchent, toutes, à chaque fois. Mes parents, eux, ne se sont jamais quittés.

Mais voilà une auto. Pas trop tôt ! Elle ralentit. Elle s'arrête. La portière s'ouvre... Rousse. Une vraie rousse. Des taches de rousseur partout. La trentaine, un peu plus peut-être. Jolie ? Non : bien mieux que ça...

Oh là là, soupire-t-il. Pauvre de moi.

Et si le bonheur était à portée de main ?

Perpète Paradis

Lorsque l'hélicoptère eut disparu, Simone attendit un long moment, yeux clos, front presque lisse encore, offert aux rayons de l'astre resplendissant. Ce n'est que lorsque le bruit du moteur ne fut plus audible, qu'elle eut un regard pour les deux gros sacs de voyage posés à leurs pieds. Elle eut alors une moue joyeuse, cette moue qu'adolescente, elle avait pendant des heures et des heures travaillée et mise au point devant son miroir, et qui après plus de cinquante années de mariage émouvait parfois encore Germain, presque comme au premier jour. Elle leva les yeux vers lui, puis tourna à nouveau son visage vers l'azur immaculé : Ce ciel ! Ah ce ciel ! soupira-t-elle dans un sourire qu'elle s'appliquait à vouloir large, pas du tout crispé.

– Oui, n'est-ce pas ? répondit sobrement Germain.

– Ce qu'on va être heureux ! soupira-t-elle derechef.

– Oui, ma chérie : heureux ! Et... seuls toi et moi. Seuls tous les deux... jusqu'à la fin de nos jours.

– Qu'est-ce que c'est que ce ton dubitatif, Germain ? Tu n'es pas convaincu que c'est le bonheur parfait et éternel qui nous attend ?

– Mais si, mon aimée ! Puisque c'était mon idée.

– C'était notre idée à tous les deux ! fit-elle sur un ton qui n'admettait pas de réplique. Mais peu soucieuse d'entamer une dispute, elle afficha un nouveau sourire : En tout cas, il faut reconnaître que leur publicité était vraiment bien faite ! Pollution zéro ! Du soleil toute l'année ! Oubliée, la crise ! Oubliés les chômeurs, oubliés les millions de pauvres et de malheureux !

– Vivre simplement, sans rien ou presque ! approuva Germain, tout heureux de constater que sa douce moitié semblait avoir retrouvé sa bonne humeur.

– Vivre sainement ! Vivre nus, face à l'Océan ! clama l'épouse, grandiloquente en diable. Somnoler sur la plage, bercés par le bruit des vagues : le bonheur absolu.

– Le bonheur parfait, renchérit Germain. Et ça ressemble tout à fait à la photo du catalogue, crut-il nécessaire de préciser, cependant qu'elle jetait autour d'elle des regards presque inquiets, avant de s'étonner :

– Sauf que je ne vois pas le bungalow.

Germain, pragmatique et positif comme toujours, proposa : Il doit être un peu plus loin dans les terres... Et comme le front de l'adorée se barrait d'une ride perplexe, il ajouta : Question de sécurité, en cas de tempête.

– Voyons, chéri ! Il n'y a jamais de tempêtes ! Ni ouragans, ni séismes, ni tsunami, ni raz de marée d'aucune sorte. C'est ce qu'ils nous ont affirmé, à l'agence.

– Ils n'allaient pas nous dire le contraire, mon aimée. C'est que, vois-tu, ces gens-là sont payés pour vendre.

Elle fronça le sourcil, et c'est d'une voix tremblante - dans laquelle, impossible de s'y méprendre, l'époux reconnut le courroux naissant - qu'elle posa sur le ton de l'évidence cette question, qui du coup n'en était plus une :

– Je suis naïve, c'est ça ?

– Non, mon aimée. Grands dieux, non !

– Quoi donc, alors ? Vas-y, dis-le ! Ne te gêne pas !

– Peut-être un peu… comment dire… peut-être juste un peu crédule, parfois ?

– Et toi : défaitiste, toujours ! assena-t-elle.

Et dans la voix de l'adorée, il entendit fort bien ce soupçon de mépris qu'elle savait y mettre lorsque son but était de le blesser. Mais il n'allait pas se laisser faire. Oh que non ! Cette fois, il n'accepterait pas d'être humilié une fois de plus, une fois encore, parce que cette fois serait la fois de trop. Toute une vie à trimer pour elle, pour la contenter, elle. Toute une vie consacrée, sans jamais moufter, à satisfaire ses quatre volontés. Toute une vie à se plier à ses moindres désirs, toute une vie à opiner du chef en silence, tout au plus un « Oui, mon aimée, comme tu voudras, mon aimée ». Toute une vie à bosser dans un bureau dépourvu de fenêtre, autant dire un placard, une oubliette, sans jamais de la part de son supérieur un seul mot de remerciement, quant à la reconnaissance, tu peux toujours courir et te brosser ! Et lui, pourtant si dévoué, toujours à l'heure, jamais absent, jamais, pas même cet hiver-là, saleté de pneumonie ! Pas même après son opération, une hernie inguinale, il s'était arrangé pour que ça se fasse pendant sa seule semaine de congé annuel, rien, pas une heure, pas un jour, toujours là, présent, et les couleuvres qu'il avalait, ah pour ça, oui, il en avait avalé, et des longues, et des grosses, mais sans jamais se plaindre, sans regimber le moins du monde, jamais, jamais. Mais cette fois, c'en était trop, il ne la laisserait pas dire, pas faire, oh que non ! Il leva les yeux vers elle qui le toisait de toute sa hauteur, tellement plus grande que lui, tellement, depuis toujours. Et c'est d'une toute petite voix qu'il tenta :

– Ne nous disputons pas, mon amour. N'est-ce pas ? On ne se dispute pas...

– Tais-toi donc ! fit-elle en tendant l'oreille. Écoute... on dirait que l'hélicoptère revient. Aurais-tu oublié un bagage ?

– Non, chérie. Tout est là.

– Il s'éloigne à nouveau. Oui... Il est reparti.

– Tant mieux ! On se met à la recherche de notre maison ? On n'a qu'à laisser les bagages ici pour le moment. C'est ça qui est bien sur une île déserte, se réjouit-il, aucun risque, rien à craindre, pas l'ombre d'un voleur !

L'île était toute petite, pour ne pas dire minuscule. En moins d'une demi-heure, ils en eurent fait le tour. Quant à la traverser dans sa largeur, dix minutes suffirent, en marchant sans se presser. La conclusion d'elle-même s'imposait :

– Si on n'a pas trouvé le bungalow, c'est qu'il n'y en a pas, dit Germain.

– Mais où va-t-on vivre, alors ? s'insurgea Simone.

– Je ne sais pas, mon amour... Je ne sais pas.

– Mourir ! On va mourir ! Et elle fit mine d'éclater en longs et bruyants sanglots qui malgré un mouchoir largement déplié devant son visage grimaçant ne produisirent pas la moindre larme.

– Mourir ? Mais non, ma douce, mais non...

– Si ! Et ce sera de ta faute ! Pourquoi, mais pourquoi t'ai-je écouté ? On était si bien chez nous !

– Ne pleure pas, mon amour. Tu sais bien que chez nous…

– Nous n'étions pas concernés !

– Pas encore, c'est vrai, mais…

– Il n'y a pas de *mais* !

– Ne pleure pas, mon amour, ne pleure pas, je suis là, je serai toujours là. Je vais nous construire une jolie demeure. Une case toute mignonne, avec une terrasse et un auvent. Et tout autour, un jardin. Tu y feras pousser des fleurs. Tu as toujours aimé ça, les fleurs…

– Une case ! Mon pauvre Germain ! Maladroit comme tu es ! Deux mains gauches dans des moufles ! Tu veux que je te dise ? On s'est fait gruger. Voler. Arnaquer. Rouler. Empafer en profondeur. Délester de tous nos biens. Ah ! Que ne t'ai-je dit non ! Non et non ! Non comme toujours ! Non comme je le fais depuis cinquante ans ! Au lieu de ça… un instant de faiblesse, une seconde à peine, et… envolés nos espoirs. Mortes nos douces illusions.

– Mais puisque c'était notre idée à tous les deux !

– Notre idée ? La tienne, oui ! Jamais, jamais je n'aurais tout quitté !

– Mais…

– Rien du tout ! Tais-toi ! Quand j'y pense ! Nous qui avons toujours marché droit ! Nous qui jamais, jamais n'avons emprunté le moindre chemin de traverse ! Voilà où nous sommes rendus à présent. Un seul écart de parcours en cinquante ans, et voilà ! Ah les sirènes de la publicité ! Je les retiens, celles-là ! Et toi, toi, idiot, stupide, imbécile, tout prêt à les écouter, tout prêt à les croire !

– Mais toi aussi, chérie, toi aussi !

– Moi ? Moi ? Jamais ! C'est toi seul ! Toi ! Toi !

– Oui chérie... si tu veux, si tu y tiens, c'est moi...

– Et qui d'autre, donc !

– Pardon, chérie ! Pardon, pardon, pardon !

– Il n'y a pas de pardon qui tienne ! On est dans la panade, la panade la plus complète. Grâce à toi. Alors à toi de nous sortir de là. Qu'est-ce que tu proposes ?

– Ce que j'ai dit, mon amour ...

– Tu plaisantes, j'espère ? Je n'en veux pas, de ta case ! Trouve autre chose !

– Alors, on attend. L'hélicoptère va revenir, forcément. Pour les vivres. C'est ce qu'ils ont dit : ravitaillement toutes les deux semaines. Il suffit de tenir jusque-là.

– Et si on appelait ? Le téléphone... où l'as-tu rangé ?

– Tu sais bien, chérie. C'était dans le contrat : partir sans rien, tout laisser derrière soi. C'était le slogan, la promesse d'un inaltérable et éternel bonheur. On a signé.

– J'ai signé ça, moi ?

– Tous les deux, on a signé.

– Alors...

– Alors quoi ?

– Tu vas la construire, la case ! Et un peu vite !

– Ah bon, tu as changé d'avis ?

– Triple idiot ! Tu n'as donc pas compris ?

– Compris quoi ?

– Mais que...

– Écoute… l’hélicoptère revient.

Et en effet, l’hélicoptère s’en revenait, lentement, comme hésitant. Depuis là-haut, on entendait une voix qui malgré de louables efforts technologiques, peinait à imiter l’intonation humaine.

– Ça parle, affirma Germain... Qu’est-ce que ça dit ?

– Mais tais-toi donc, bougre d’abruti !

À présent, l’hélicoptère s’était fixé en vol stationnaire à la verticale du couple éperdu. Diffusé par un haut-parleur de qualité médiocre qui rappelait la sonorité des mégaphones d’antan, l’enregistrement répétait inlassablement : Chers résidents ! Ceci est un message du Système. Les Personnes de Longue Expérience représentant une charge que la société n'est plus en mesure d'assumer, elles seront désormais confinées dans des îles paradisiaques semblables à celle-ci : eaux poissonneuses et gibier à profusion. Le Système ne doute pas de votre capacité d'adaptation. Il vous souhaite une heureuse retraite en vous rappelant que pour tous ceux qui comme vous s’aiment, le bonheur est toujours à portée de main.

À portée de main ? Et celle-là, tu la veux ? fit l’épouse en gratifiant d’une taloche bien sentie la joue ridée et mal rasée de son adoré, que quelques poils roux un rien grisonnants ombrageaient.

Une occasion manquée

Je les ai vues tout de suite toutes les deux, derrière le rideau de fumée, au milieu de la puanteur des brochettes. C'est bon, les brochettes, mais qu'est-ce que ça peut puer, et qu'est-ce que ça peut faire comme fumée. Tout de suite je les ai vues, la mère surtout. Elle était belle. Blonde comme le sont les nordiques, et mince, et grande aussi. Il faut dire que pour moi, toutes les femmes sont grandes. Mais ça ne m'a jamais gêné. Et elles sont toutes minces aussi, et ça n'a jamais eu l'air de les gêner non plus, mon mètre soixante et mes cent kilos.

La mère, donc. Je me suis dit qu'elle était pour moi, celle-là, grande, et blonde, et mince, et moi tout petit, tout brun et tellement gros. Elle était comme je les aime, juste à point, comme un fruit mûr. Jamais plus elle ne serait belle comme cet été-là. Elle était à cet âge exactement, où la femme est belle parfaitement. Ça ne dure pas longtemps. Juste un peu avant, sa beauté est encore à venir, juste un peu après, elle appartient déjà au passé.

J'ai traversé le rideau de fumée. J'ai commencé à lui parler. Mais elle ne parlait pas ma langue, et je ne parlais pas la sienne. Ça ne m'avait jamais dérangé, et elles non plus d'ailleurs. Pour une nuit ou une semaine, ça dépendait du temps qu'elles restaient, ça n'avait vraiment aucune importance de parler. Mais il y avait la petite. Elle ne parlait pas bien non plus, mais un peu tout de même. Elle avait appris dans son école. Alors, c'est elle qui traduisait. Quand je leur ai dit : Venez, je vous invite toutes les deux, on va continuer la fête ailleurs, avec quelques amis, la mère a dit : Non, merci, moi ça ne m'intéresse pas beaucoup. Mais emmenez donc ma fille. C'est de son âge, et ça lui fera des travaux pratiques, elle pourra parler.

Moi, c'est la mère que j'aurais voulu emmener. Mais je me suis retrouvé avec la fille. Jolie, la fille. En regardant la mère, on voyait bien ce qu'elle deviendrait dans une vingtaine d'années, une belle femme, sans aucun doute. Aussi belle que sa mère. Un peu plus petite, un peu plus ronde peut-être, mais tout aussi belle, et croyez-moi, pour ça je ne me suis jamais trompé. Mais pour le moment, tout en elle était encore un peu flou, les traits de son visage, la forme de son corps. Il a bien fallu me résigner à emmener la fille, puisque la mère ne voulait pas venir. On voyait bien que tout ce qui l'intéressait, c'était la mer, les pins parasol, le soleil, se reposer, et que la petite soit un peu contente, qu'elle ne dise pas ensuite : j'ai passé trois semaines à m'ennuyer. Moi, ça ne m'arrangeait pas vraiment, pour ce que je voulais en faire. C'est vrai, les gamines, il faut tout leur apprendre. Et pour une nuit, ça n'a aucun intérêt. La mère aurait bien mieux fait mon affaire. Celle-là, on voyait tout de suite qu'elle savait, qu'il n'y aurait rien à lui montrer. Mais elle ne voulait vraiment pas. Il n'y a rien eu à faire. Alors, à défaut de la mère, j'ai emmené la fille. Je me suis dit, tant pis, une nuit de perdue, demain je me rattraperai. Et c'était vrai, cet été-là comme tous les autres étés, les belles nordiques qui ne demandaient que ça, il n'en manquait pas. J'avais raté mon coup ce soir-là, c'est tout. Il n'y avait vraiment pas de quoi se lamenter.

Alors, on est allés au *Delirio*, une maison que j'avais à cette époque-là, au bord du fleuve, parce que nous, ici, la mer on la voit tout le temps, alors on préfère le fleuve, avec les maisons de pêcheurs et les filets. On est allés là-bas avec toute une bande d'amis, on a encore mangé, on a bu, et puis on a chanté. Elle chantait bien, la petite. Moi aussi. On a chanté ensemble. Des chansons de chez moi, qu'elle ne connaissait pas, mais elle apprenait vite. On n'a pas eu le temps de beaucoup parler. Mais chanter ensemble, c'était peut-être encore mieux que parler.

Et après, je l'ai raccompagnée. J'avais promis à la mère qu'elle ne rentrerait pas trop tard. J'allais sûrement me faire engueuler. Mais non. Elle n'a rien dit. Et le lendemain, on a recommencé. Et tous les soirs pendant trois semaines. Ensuite, la mère est rentrée dans son pays, et la petite est restée. Je m'étais débrouillé pour qu'elle soit embauchée pour la saison, et elle est restée travailler avec moi. C'est fou ce qu'elle apprenait vite. Au bout d'un mois, elle n'arrêtait plus. Elle tenait des discours sur tout. Ce que ça pouvait m'agacer. Je lui disais : Tu théorises. Arrête un peu de théoriser, viens plutôt m'embrasser. Elle m'embrassait. Et tout de suite après, elle se remettait à théoriser. C'était incroyable, cette capacité, cette manie qu'elle avait, cette gamine. Vous lui donniez un bout de bois, elle vous faisait une théorie. Comme ça, comme si elle les pondait. Une machine à théories, cette fille-là. Une machine à idées. Encore heureux qu'elles aient été de gauche, ses idées. Ce qu'on a pu tirer comme tracts, ensemble, des nuits entières, et ce qu'on a pu manifester, contre Pinochet, contre les bases américaines, contre tout ce contre quoi on manifestait cet été-là.

Et ça a continué pendant trois étés. Et le reste de l'année aussi. Dès qu'elle avait des vacances, à l'université, elle venait. Moi aussi, j'allais la voir, dès que j'avais quelques jours, dès que je trouvais un prétexte. Les prétextes, ça n'était pas très difficile à trouver. Le reste du temps, on s'écrivait. Des pages et des pages, elle écrivait. Elle ne faisait plus du tout de fautes, dans ma langue. Ça, on peut dire que des travaux pratiques, elle en a fait. Je ne trouvais plus le temps de répondre. À croire qu'elle ne faisait que ça, écrire. J'ai gardé ses lettres. Certaines sont vraiment belles. On sent bien qu'elle ne traduisait plus du tout, qu'elle pensait entièrement dans ma langue. Elle m'avait même dit qu'elle rêvait. Et toujours ses idées. Dire que pour cette gamine, j'ai failli quitter ma famille, et tout ce que j'avais.

Aujourd'hui, quand je repense à cette époque-là, et quand je repense à toutes les années qui ont suivi, à tous les étés où elle n'a plus été là, à tous les étés où il y en a eu d'autres, quand je repense à toutes les femmes avec qui j'ai passé quelques semaines, quelques mois et même quelques années, après, quand ma femme je l'ai eu quittée, quand je repense à tout cela, quand je repense à moi et à toutes celles-là que j'ai aimées, je me rends compte que le souvenir de cette gamine ne m'a jamais quitté. Je pense à elle souvent. Moins maintenant, mais souvent, tout de même. Je repense à elle, et je la revois comme elle était.

Et chaque fois que son image me revient, me revient aussi l'image de la mère, et je me dis : Tout de même, quelle occasion manquée.

Aline et Charles

Debout devant la penderie, en petite culotte de dentelle blanche et soutien-gorge assortis, elle frissonnait. Décide-toi, ma vieille ! Si tu restes plantée là à tergiverser, dans dix minutes c'est le rhume assuré.

Elle continuait à hésiter, pourtant. La rouge ? La bleue ? La bleue faisait petite fille rangée, la rouge aguichait discrètement, si tant est que l'on puisse aguicher de cette façon : sans ostentation, un rien excitante malgré tout. Ou plutôt : suggestive. Oui, voilà, suggestive était le mot juste. Ah cette manie des mots ! Quand elle en cherchait un qui lui résistait, elle ne lâchait jamais l'affaire avant de l'avoir trouvé. Déformation professionnelle, sans doute. À dire la vérité, elle ne datait pas d'hier, cette marotte, pour ne pas dire cette obsession. À l'école primaire, déjà… Et le métier n'avait rien arrangé, bien au contraire. Elle aurait pu user des formules d'usage apprises par cœur, qui depuis des décennies pour ne pas dire depuis toujours, remplissaient parfaitement leur rôle. C'est ce à quoi elle s'était essayée au tout début. Mais cela ne la satisfaisait nullement, elle se faisait l'effet d'un robot, d'une machine à rabâcher. Alors, plutôt que de continuer à se plier à l'ancestrale règle, elle s'était mise à improviser. Tout de suite, elle s'était sentie plus à l'aise, bien mieux dans sa peau. Et les clients, eux aussi, semblaient apprécier, qui avant de la quitter serraient longuement sa main en la remerciant. Toujours chaude et sèche, sa main. Un atout, dans son métier. Les mots et la main, au fond, ça ne faisait qu'un. Avec la voix, bien évidemment. Chaude et profonde, la voix... Oui, les mots justes, la voix chaude, la main ferme et sèche : ces atouts-là, elle savait bien qu'elle les possédait.

Il était presque neuf heures, il fallait se décider. Pile ou face ? Non, ce serait tricher. La bleue... non, vraiment trop sage. La rouge... est-ce qu'elle oserait ? Et pourquoi pas la violette ? Non ! Pas de compromis ! Les compromis, elle n'en avait jamais consenti, elle n'allait pas commencer aujourd'hui, claquant des dents dans ses sous-vêtements neufs, plantée là comme une bûche devant sa penderie. Alors, la rouge. Même si c'était risqué. Oh ! et puis après tout, c'était elle la patronne, non ? La bienséance, oui, évidemment, la bienséance aurait commandé qu'elle se décide comme chaque jour pour du noir, du gris, à la rigueur du parme, du violet... Marre de ces couleurs qui n'en sont pas ! s'exclama-t-elle en s'adressant au miroir de sa coiffeuse. Alors oui, aujourd'hui, ce serait la rouge. Et puis, pour ce qu'elle avait en tête, elle avait intérêt à foncer. Et tant pis si elle se fracassait une fois de plus contre un mur. Elle n'était pas bélier pour rien. Si seulement son ascendant balance voulait bien cesser de prendre le dessus ! Depuis quelque temps, elle ne se reconnaissait plus. Elle, toujours si sûre de ce qu'elle voulait et de ce qu'elle ne voulait pas, de ce qu'elle aimait et de ce qu'elle détestait, voilà qu'elle balançait : oui, non, peut-être... Elle ne se reconnaissait plus.

Et maintenant, la coiffure. Pas une mince affaire, ça non plus. Chignon ? Pas chignon ? D'accord, le rouge n'était pas un rouge tapageur, un rouge pompier, mais il n'en restait pas moins rouge. Comment dire... suggestif ? Non ! Impossible ! Cet adjectif-là avait déjà servi, et pas plus tard que tout à l'heure. Alors, quoi ? Évocateur ? Non. Allusif, peut-être ... Elle essaya le mot, l'adopta. Oui, à défaut de suggestif, allusif allait bien. Allusif... oui, c'était tout à fait ça, très exactement ce qu'elle recherchait : dire sans dire, laisser entendre, ne rien faire, ne pas bouger, attendre. Comme une araignée au milieu de sa toile attend sa proie. Et *araignée*, à y bien penser, l'image était on ne peut plus juste. C'est tout à fait ce qu'elle était dès qu'elle le savait là, tout près d'elle. Lui, à portée de main et de voix, elle, immobile, comme à l'affût derrière son bureau en noyer, bien confortablement carrée dans le fauteuil garni de cuir noir qu'elle venait de faire rafraîchir.

Décidément, chignon. Le rouge de la robe, c'était bien assez. Inutile d'en rajouter. Aujourd'hui surtout.

Était-ce vraiment le bon moment ? Depuis la veille elle se posait la question. Elle ferait peut-être mieux d'attendre quelques semaines, voire quelques mois... Mais non ! Elle attendait depuis si longtemps : cinq ans ! Cinq ans qu'ils travaillaient ensemble chaque jour ! Elle la patronne, lui l'employé, encore tout jeune, en tout cas bien plus jeune qu'elle, mais douze ans, est-ce que ça compte encore de nos jours ? Douze ans ? Une paille ! Qui s'en offusquerait ? Aujourd'hui - ainsi en avait-elle décidé après une nuit sans sommeil à retourner la chose en tout sens - aujourd'hui était le moment. Aujourd'hui, ou jamais. Mais oui : il serait triste, malheureux, désemparé, elle serait là dans sa robe rouge, chignon parfait, pas un cheveu qui dépasse, et les mots qu'il fallait, ceux qui sonneraient juste, doux mais sonores, beaux comme du Verlaine, empathiques tout en conservant une distance décente : mots réconfortants à défaut d'être totalement consolateurs.

La consolation viendrait après, pour peu que… pour peu que lui aussi… Ah ! Si seulement, si seulement !

C'est à ce moment précis que le téléphone sonna :

– Je suis Claudine, la sœur de Charles. Il ne viendra pas aujourd'hui.

– Mais… les obsèques de son épouse…

– Ni aujourd'hui ni demain. Il n'a pas supporté. Il a préféré la rejoindre.

– …

– Vous vous occupez de tout, n'est-ce pas ?

À partir de cet instant, elle se mit à agir en automate. Elle mit sa robe rouge, se maquilla, fit son chignon, vérifia dans la glace à trois pans de sa coiffeuse que pas un seul cheveu ne dépassait, enfila ses bas, chaussa ses escarpins noirs, attrapa au porte-manteau son imper noir, prit son sac assorti au manteau et aux chaussures, pas de faute de goût, jamais, jamais ! Elle referma la porte de la maison, donna deux tours de clé, descendit les marches, ouvrit la porte du garage, monta dans son auto, sortit l'auto, en descendit pour fermer la porte du garage, remonta dans l'auto, conduisit prudemment, comme elle le faisait toujours, respectant feux, stop, priorités et limitations de vitesse. Tout au long du trajet, elle se demanda quelle robe elle porterait. La rouge ? Les deux enterrements en même temps. La bleue ? Dès que la médecine légale donnerait le feu vert. La rouge ? La bleue ? La violette ? Pas de noir ni de gris, ça c'était certain. Et le plus vite possible marmonna-t-elle entre ses dents tout en frappant de ses poings le volant, oui le plus vite possible, autant ne pas traîner. Chignon ? Pas chignon ? Quelle importance, désormais... mais les mots continuaient malgré tout à tourner dans sa tête, ils tournaient, tournaient... Ils pédalent dans la choucroute, les mots, se dit-elle. Et elle les vit très distinctement qui pédalaient, les pauvres, sur de minuscules bicyclettes - chignon, pas chignon - s'éreintant dans le chou tout mou, - rouge, bleue, violette - des gouttelettes de sueur s'échappant de leurs lettres. Et l'image la fit rire, mais rire ! Rire à en pleurer.

Une fois arrivée, elle se gara juste devant la boutique. Chic ! se dit-elle, pour une fois, une place pile poil devant.

Elle sortit de son sac un mouchoir en papier parfumé à l'eucalyptus, tout ce qu'elle détestait - elle s'était trompée en les achetant, un moment de distraction... Elle essuya ses yeux, se moucha bruyamment, une fois, deux fois, remit le mouchoir tout trempé dans son sac en se disant : Ne pas oublier de le jeter à la poubelle.

Elle ouvrit la portière, descendit de l'auto, referma la portière, clac ! Appuya sur le bip, clic ! Portières et hayon verrouillés.

Elle regarda sa montre : en retard, évidemment. En retard d'un bon quart d'heure. Heureusement, devant la porte de la boutique, personne n'attendait. Tant mieux, songea-t-elle. Elle leva la tête, regarda l'enseigne.

Pompes funèbres Aline et Charles... Cette enseigne, lettres blanches sur fond noir, pendant cinq ans elle en avait rêvé. Ça resterait *Pompes funèbres Aline*, en lettres noires sur fond blanc. *Aline* toute seule, sans rien ni personne ni devant ni derrière ni à côté. Pour toujours ? Comment savoir...

Pour l'heure, préparer les obsèques de Charles comme sa sœur le lui avait demandé. Ne pas se laisser abattre. Jamais ! Ravaler ses larmes, et aujourd'hui même, se mettre en quête d'un nouvel employé.

Le moment le plus beau

Pour lui, le moment le plus beau, c'est après. Quand il est passé, banal comme chaque année, sans intérêt. Mais il l'aime malgré tout. Pas pour la chose en elle-même, mais pour ce qui suit et fait monter ses larmes, émotion intense, irrépressible : les camions nettoyeurs qui talonnent la foule pas même encore égayée, le ballet des balais. Les confettis emportés par le mouvement rotatif des brosses, et qui volent volètent, jusqu'au-dessus des toits. Les autos qui tels des chevaux avant la course piaffent et trépignent, pressées de revenir là où depuis la veille se garer était interdit sous peine de fourrière. Et aujourd'hui, leur jubilation à eux deux, arrivés les premiers. Depuis le tout début du défilé dont il n'a rien vu, dont il n'a que faire, il attend au creux de sa belle, posée trois pâtés de maisons plus loin pour cause d'interdiction de stationner dans sa rue, putain de carnaval ! Mais non, il n'est plus en colère. Plus maintenant. Parce qu'aujourd'hui, à seize heures et trois minutes, elle et lui sont les premiers derrière les barrières. Et voilà que les barrières s'ouvrent, et voilà qu'ils roulent à nouveau dans leur rue, ils sont les premiers, les tout premiers, et la place les attend, place en or, juste devant la porte, ce qui n'arrive jamais. Non, pas jamais. Une fois par an. Le jour du carnaval, justement. Devant la porte, ce jour-là ! Pas tous les ans, non, pas tous les ans, mais aujourd'hui, oui. Et qu'importe si demain matin, chienne de vie, ils quitteront la place pour aller au boulot, au bahut où lui retrouvera tous ces petits crétins, tandis qu'elle - ah ! ce sentiment d'abandon qui doit être le sien - patientera huit heures de rang sur le parking du collège, impersonnel et froid.

N'y pas penser, n'y pas penser, demain est un autre jour.

Cette nuit, elle dormira là, sous la fenêtre, sa chérie. Pas seule. Non, pas seule. Et lui non plus, qui la saura là, tout près de lui.

Si seulement son imagination paresseuse avait su anticiper le miracle, cette place, là, ce dimanche soir, non, pas même soir, à peine seize heures, cette place pour elle, juste sous la fenêtre, ah ! s'il avait pu prévoir l'inespéré... Il aurait dû pourtant. L'an dernier, non, ils n'étaient pas les premiers, mais l'année d'avant, oui, tout pareil, sous la fenêtre, et d'autres fois aussi. Combien ? Il ne sait plus. Trente-trois ans qu'il habite cette rue où chaque année passe le défilé. Pas trente-trois ans avec elle, non, au début il était seul, elle est arrivée bien après. Il aurait dû noter, mettre une croix dans son agenda chaque fois que ce bonheur leur advenait. Ses agendas, il les conserve depuis toujours et parfois il les feuillette, juste comme ça pour le plaisir, ou alors pour retrouver un événement, une date précise qu'il ne retrouve presque jamais, étourdi comme il l'est, il note des choses insignifiantes, et l'essentiel, pfuitt ! Quel abruti, tout de même... Ah ! si seulement il y avait pensé, il l'aurait emmenée se faire belle, encore plus belle, sa chérie belle, à l'Éléphant Bleu à qui ils n'ont jamais fait une seule infidélité. Mais à quoi bon regretter, ça ne sert à rien les regrets. Et puis, c'est sa faute, aussi, fichue guimbarde, elle aurait pu le lui rappeler, elle aussi, elle devrait savoir depuis le temps, mais non, rien, elle n'a rien dit. Diane ne dit jamais rien. Tête de pioche ! Alors, cette fois, le noter pour y penser. Toute propre, toute belle l'année prochaine, pour une nouvelle nuit sous la fenêtre. Et alors, alors, pas de regrets, non, pas de regrets ! Oui, mais si dans un an c'était différent ? Si par exemple un fou avec son camion… Ne pas y penser, ne pas y penser. Aujourd'hui il fait beau, c'est presque le printemps et elle est là, juste sous la fenêtre. Et tant pis si elle n'est pas aussi propre et brillante qu'il l'aurait rêvée. Et tant pis aussi si elle n'est plus de première jeunesse, tant s'en faut - lui non plus n'est plus un perdreau de l'année.

Et soudain, cette terreur, qu'elle le lâche, qu'elle l'abandonne, elle aussi, comme l'autre… petit matin hideux, elle déjà habillée, lui encore au lit, et ses mots à elle : « Je m'en vais. » Un caractère de cochon, rien, vraiment rien à regretter. D'ailleurs, ça ne lui fait plus rien, plus rien du tout ; et bien moins encore depuis que Diane est là. Vingt-deux ans… ce n'est pas rien. Combien de couples pourraient en dire autant ? Alors que lui et Diane, inséparables. Diane, toujours là. Fidèle, toujours.

Mais si elle aussi, sur un coup de tête, qui sait… ou alors à cause de ces rides, ces fichus cheveux de plus en plus clairsemés qu'il abhorre, si elle aussi venait à les détester au point de… Mais non ! Non !

Et puis même, il ferait beau voir ! Il aurait tôt fait de lui clouer le bec, à la salope ! Non, non, pas ce mot-là, pas ce mot-là, jamais !

Tout de même, si l'envie lui prenait de le laisser là, comme l'autre, il lui rappellerait sa bosse, sur l'aile avant gauche ; oui, bon, minuscule et qu'il est le seul à voir, à savoir, tant elle est petite, mais tout de même, elle est là, bien là, alors si elle la ramène, hein !

Mais non. Mais non. Il se reprend. Il respire. Il se calme. Peu à peu, la terreur s'estompe.

Dormir, se dit-il. Oui, dormir jusqu'à demain. Et tant pis pour les traces de boue, tant pis pour les petits points de rouille sur la portière, tant pis pour la bosse, tant pis pour tout. Et tant pis aussi si elle est vieille, et si l'on compte en proportion, espérance de vie et cetera : bien plus vieille que moi. Jamais on ne se quittera.

Diane et moi, ensemble. Oui, ensemble. Et moi, plus jamais seul. Jamais.

Une rose… ou pas

Lui

Et qu'est-ce que j'en ferais ? Elle est vieille, au moins vingt ans de plus que moi. Elle est belle, ça c'est vrai, mais ça ne l'empêche pas d'être vieille, en tout cas bien trop vieille pour moi.

La première fois que je l'ai vue, on était deux. Je venais d'emménager. C'était la nuit. Tard, trois heures du matin, j'avais un peu bu. On s'est trompé, au lieu d'appuyer sur le bouton de la lumière, on a appuyé sur la sonnette. Elle a ouvert tout endormie, décoiffée et pas maquillée. Elle portait une vieille robe de chambre bleue. Je ne savais pas quoi dire. J'ai essayé de m'excuser, mais elle, elle a souri et elle a dit : « Vous êtes si mignons, on ne peut pas vous en vouloir. » Et elle a ri. Moi, je ne sais plus. Je crois surtout que j'étais gêné, pas fier, et j'essayais de me tenir à peu près droit.

Ensuite je l'ai croisée dans l'escalier. Plusieurs fois. Une fois, on a parlé un peu, juste quelques mots et on a ri. Je crois qu'elle aime bien rire.

Un jour elle a sonné chez moi. C'était avant Noël. Elle avait fait des petits gâteaux, elle m'en a donné. Quelques jours plus tard, je lui ai rendu l'assiette, elle m'a offert un café. Et puis je ne sais plus comment ça s'est fait, un soir on est allés dîner ensemble. Et après, on est allés écouter du jazz dans un endroit où je ne vais jamais parce que c'est vraiment trop bourge. Mais la musique était bonne. Vraiment. Elle a adoré le trompettiste. Elle a dit : « Il est beau quand il joue. » Elle ne le quittait pas des yeux, elle a de ces lubies parfois. Lui non plus, il ne la quittait pas des yeux. Je lui ai dit : « Il ne regarde que vous. » Elle a dit : « Vous êtes fou, il ne regarde rien, il joue. » Moi j'avais dit ça surtout pour lui faire plaisir, mais bon, c'était tout de même vrai qu'il la regardait. Ensuite on est rentrés. Chacun chez soi. Une bise sur chaque joue et bonsoir, et les portes qui se ferment.

Mais pourquoi elle m'avait dit ça, au restaurant. Je ne sais plus comment on en était arrivés à parler de ça, mais à un moment elle a dit : « Le visage, ça vieillit beaucoup plus vite que le reste. Mon corps est resté plutôt pas mal. Pourquoi ça ne vieillit pas ensemble, ces deux choses-là ? » Après, toute la nuit j'ai fait des rêves idiots. D'autant plus idiots que même si je n'avais pas vu son corps, j'avais quand même vu ses bras. Pas mal, c'est vrai, même s'ils n'ont plus vingt ans. Elle dit qu'elle a des bras d'homme. Musclés comme des bras d'homme. Moi je trouve qu'elle a de beaux bras. Et je suis sûr que le reste aussi est encore pas mal, pour son âge.

De toute façon, les voisines, c'est comme les collègues de travail. On regarde, on ne touche pas. Une fois j'ai couché avec une fille qui travaillait avec moi. Les pires ennuis, j'ai eu. Les voisines c'est pareil : pas touche. On est poli, on va dîner ensemble, peut-être on prend un café, on discute, et on rentre chez soi. On peut être amis, peut-être. Peut-être qu'elle et moi on est en train de devenir amis.

Et puis c'est pratique. Je lui ai donné ma clé, elle m'a donné la sienne. On se rend des services. Quand je travaille tard, je l'appelle et elle change la litière du chat.

Et puis il y a eu l'autre soir. Il était presque deux heures du matin. J'étais en bas, dans la rue, et chez elle il y avait de la lumière. Elle travaille souvent très tard. Pour travailler, elle préfère la nuit. Mais parfois je sais qu'elle dort la lumière allumée. Ça l'aide à s'endormir, elle me l'a dit. Tant pis, j'ai sonné. Elle a appuyé sur l'ouvre-porte, mais moi je ne suis pas monté. J'ai resonné. Elle a réappuyé. J'ai sonné encore. Et puis j'ai appelé depuis la rue. Il faut dire que j'avais un tout petit peu bu. Elle a ouvert la porte-fenêtre de son balcon. Elle avait sa vieille robe de chambre bleue. Je lui ai crié : « Venez, on va danser. » Elle a dit : « Je suis déshabillée, démaquillée, et il est presque deux heures du matin. Allez vous coucher, vous ne tenez plus debout. » Et moi, en riant : « Oui Maman. » Et j'ai fait un geste, pour lui dire que je m'en fichais, si elle ne venait pas. Elle a dit : « Où allez-vous ? » J'ai répondu : « Pas loin. » Et je suis parti.

Et elle est venue. Comment elle a fait pour savoir où j'étais, ça je n'en sais rien. Mais dix minutes plus tard elle était là. Je ne l'ai pas vue arriver mais je l'ai sentie derrière moi. Alors je me suis retourné. Elle était là. Les femmes, quand même, ça s'habille et ça se maquille vachement vite. Elle avait mis moins d'un quart d'heure pour se préparer et pour me trouver. Elle portait une de ces robes dont elle a le secret : un long fourreau vert kaki, avec une chasuble bronze, courte, en métal et soie, c'est elle qui me l'a dit. Et dans l'ourlet de la chasuble, des roses blanches. D'un kitsch ! Elle m'a demandé : « Ça vous plaît ? » Alors j'ai dit : « J'espère que vous n'avez pas payé ça trop cher. » Je suis d'une finesse, parfois... Mais c'est vrai, dépenser du fric pour une horreur pareille, il faut être au moins aussi barge qu'elle.

Je lui ai dit : « Vous êtes incroyable, quand même. Comment vous m'avez trouvé ? » Elle s'est mise devant moi. De dos, devant moi. Alors je l'ai serrée contre moi. J'ai pris ses mains, elles étaient glacées. Ses mains sont toujours glacées. Elle a dit : « J'ai froid. » Elle a toujours froid. Je ne voyais pas ses yeux. J'ai dit : « C'est dingue que vous soyez là. »

Après, on a dansé. Elle bougeait, elle prenait toute la place. Elle ne dansait pas du tout comme les autres, sur place. J'ai essayé de faire une espèce de rock avec elle, une danse de son âge, mais je ne sais pas bien danser. On riait. Un moment, je me rappelle, je lui ai dit : « Vous êtes belle. Vous êtes vivante. » Et c'est vrai qu'au milieu des autres, elle était la seule vivante. Trop, peut-être. D'une manière exagérée, comme une qui arrive au bout. C'est ce que j'ai pensé à ce moment-là et je me suis dit : C'est affreux de penser ça.

À cet instant, j'ai senti une drôle de tendresse et j'ai eu envie de pleurer. Ou alors ce n'était pas de la tendresse, seulement de la pitié. Peut-être que c'est pareil. Non, quand même pas... Mais moi, les plans foireux, je suis spécialiste. Je lui ai dit : « Pour votre âge, vous êtes vraiment très belle. » Je ne suis vraiment pas fin, des fois. Elle a dit : « Moi, j'ai le droit de parler de mon âge. Pas toi. » Elle m'avait tutoyé, comme elle aurait fait d'un gamin. Mais en disant ça, elle riait, alors ça m'a un peu rassuré, c'était peut-être la preuve qu'elle ne m'en voulait pas. Après, on est rentrés. Chacun chez soi. Une bise sur chaque joue, la porte qui se ferme. J'ai resonné. Elle a rouvert. J'ai dit : « Encore une, pour dormir. » Et elle m'a refait une bise sur la joue. Et je suis rentré chez moi. Cette nuit-là, je n'ai pas rêvé. Peut-être que j'étais trop crevé.

Le lendemain, elle a sonné. Je lisais dans la cuisine. On n'a pas parlé de la nuit, on a fait comme si de rien n'était, comme si ça n'avait jamais existé. Et peut-être, ça n'avait jamais existé. Son auvent était détaché et il y avait du vent. De chez moi on n'entendait rien, mais c'est vrai que chez elle ce n'était pas tenable. Un boucan d'enfer. J'ai cherché des outils. J'ai fini par trouver une vrille pour faire un trou dans la fibre de verre. J'ai fixé l'auvent avec un fil de fer. Pendant que je faisais ça, je lui avais demandé de me tenir par la ceinture. C'est au cinquième étage et j'étais debout sur une chaise, dehors sur le balcon. Elle me tenait par la ceinture et je sentais ses mains sur moi. Ça m'a fait bizarre parce que dans ma tête, je ne voyais plus que ça : ses mains avec leurs petites taches brunes.

Vraiment, j'en ai rien à faire d'elle. C'est à peine une copine. C'est juste ma voisine. Elle change la litière du chat quand je rentre tard, et moi je répare son auvent quand il y a du vent. Le reste, on n'en a rien à faire ni elle ni moi. Le reste, ça n'existe pas.

Demain, peut-être je lui offrirai une rose, parce que tout de même, elle est venue danser avec moi. Rien que pour ça, je la lui dois. Et même qu'en lui offrant la rose, je lui dirai *tu*. Y'a pas de raison, je suis plus un gamin, et elle, elle n'est pas si vieille que ça. Mais après, fini. Chacun chez soi.

Elle

Il a dit cela. Comment a-t-il pu dire cela : « J'ai failli t'offrir une rose ». C'est une phrase que l'on ne dit pas. Personne ne dirait une phrase comme celle-là. On peut dire : « J'ai failli dire une bêtise. » Ou bien : « J'ai failli manquer mon train. » Ou bien : « J'ai failli tomber. » Ou bien : « J'ai failli. » Failli tout court, sans rien après, pour dire qu'on a flanché, qu'on a fauté, par méchanceté ou par bêtise, par faiblesse ou par lâcheté, on peut faillir en beaucoup de choses, ça n'est pas bien de faillir, non, mais c'est somme toute banal et tout à fait commun, on peut faillir en bien des choses... Mais faillir offrir une rose... « J'ai failli t'offrir une rose » est une phrase impossible à dire. Une phrase absurde, insensée. On offre une rose, ou on ne l'offre pas. Mais si on ne l'offre pas, en aucun cas, on ne dit : « J'ai failli t'offrir une rose. » On se tait, on parle d'autre chose, et on attend la prochaine fois. La prochaine fois où l'on pourra offrir la rose, ou bien la prochaine fois où on ne l'offrira pas.

Alors pourquoi ? Pourquoi cette phrase-là, stupide... je finis par me demander s'il l'a vraiment prononcée, ou si dans un moment d'absence, une seconde d'inattention, ce ne serait pas plutôt un tour que m'a joué mon imagination. Et non, pourtant. La phrase a bien été dite. Pas de doute possible à ce sujet.

Mais on ne dit pas une phrase aussi incongrue pour ne rien dire. Ou bien alors, on la dit parce que justement on ne trouve rien d'autre à dire, la phrase n'en demeure pas moins idiote, mais elle acquiert dans ce *rien d'autre à dire* un peu comme une excuse, un commencement de justification au fait justement de n'avoir rien trouvé de mieux... Tout de même, une phrase aussi sotte : « J'ai failli t'offrir une rose », est une phrase trop idiote pour être vraiment sotte. Il y a forcément un sens caché. Il suffit de le trouver. Il aurait pu, en effet, dire cette phrase : « J'ai failli t'offrir une rose », le plus bêtement du monde, sans autre arrière-pensée qu'un très vague mea culpa, parce qu'il ne trouvait pas autre chose, planté devant ma porte, en haut de l'escalier. Mais il aurait pu tout aussi bien vouloir dire, et là, ça donnerait à réfléchir : « Nous sommes allés dîner hier soir, mais restons-en là. J'ai failli t'offrir une rose, mais tu vois, je ne l'ai pas fait. » Et tant qu'à réfléchir, pourquoi ne pas penser qu'il aurait pu vouloir dire : « Ça a vécu ce que vivent les roses, celle par exemple que j'ai préféré ne pas t'offrir. Ainsi, toi et moi nous aurons su éviter le pire. » Ou bien pire encore : « J'ai failli t'offrir une rose, mais tu vois, finalement je n'ai pas failli, j'ai résisté à l'envie. Je tenais déjà la rose, et puis j'ai revu ton cou fripé. »

Ou bien tout au contraire, il aurait dit cela pour dire qu'il ne sait pas le dire, qu'il ne sait pas dire cela qu'il voudrait. Peut-être a-t-il dit cette phrase comme il aurait dit - mais cela non plus il ne sait pas le dire : « Tu vois, quand tu n'es pas là je pense tout de même parfois un peu à toi. Mais pas au point d'aller jusqu'à te l'offrir vraiment, cette rose, je ne pense tout de même pas à toi à ce point-là. » Ou bien alors, il a dit cela : « J'ai failli t'offrir une rose », pour dire quelque chose qu'il ne comprend pas. Ou alors, qui sait, pour me dire quelque chose que je ne comprends pas. Ou bien même, pour dire une chose que nous ne comprenons que trop bien l'un et l'autre, si bien qu'il nous semble ne comprendre plus rien. Peut-être même a-t-il pensé : Si je lui offre cette rose, qu'en pensera l'autre, il va se douter de quelque chose, alors plutôt que de lui offrir cette rose, il vaut mieux lui dire : « Tu vois, j'ai failli, et puis non, j'ai réfléchi, ça ne serait pas une bonne chose, cette rose, l'autre forcément la verrait. » Mais c'est absurde, cette idée de l'autre. Je m'en offre tout le temps, des roses. Par bottes de vingt, je me les offre, les roses. Jaunes, toujours jaunes, les roses. Oui, mais lui, ç'aurait été autre chose. Il serait venu avec une seule rose. Et elle aurait été rouge, la rose, à n'en pas douter. Alors l'autre, forcément, se serait douté de quelque chose. Une seule rose, ce serait bien la première fois que chez moi il verrait pareille chose, une rose toute seule et rouge qui plus est. Mais non, il n'aurait rien vu, l'autre, puisqu'il ne vient presque plus jamais… Et de toute manière, il ne l'a pas offerte, la rose. Il a seulement pensé cette phrase impossible à dire et que pourtant, pour absurde qu'elle soit, et insensée, il a prononcée.

Alors quoi ? « J'ai failli t'offrir une rose », la phrase reste hermétique, lisse et close comme un œuf.

Peut-être… oui, peut-être… mais oui, c'est cela, comment n'y ai-je pas pensé plus tôt, il a dit cela parce que sincèrement, il aurait eu envie de me l'offrir, cette rose, et tant pis pour l'autre à qui il ne pensait même pas, mais ensuite il a regardé le prix, et vraiment, pour une seule rose, c'était exagéré, surtout en ce moment. En ce moment il ne peut pas acheter de roses. Pas à ce prix-là. Pas même à un autre prix que celui-là. Tout simplement, en ce moment il ne peut rien offrir, pas même une seule rose. Il a tout juste de quoi acheter une boîte pour son chat. Mais cela, au moment où il me l'a dit, comment aurais-je pu m'en douter, moi qui jamais ne compte, moi qui ne compte pas.

Car je ne compte pas. Tout de même, je sais le prix des roses, et le prix des roses, je n'y crois pas. Je sais bien que tout de même il n'en est pas là.

Il a dit : « J'ai failli t'offrir une rose. »

Je le sais bien ce qu'il a voulu dire : « Si j'avais voulu, j'aurais pu te l'offrir, cette rose. Mais j'ai préféré acheter une boîte pour le chat, parce que le chat compte pour moi. Alors que toi… »

Bien plus tard

– Qu'est-ce que tu caches derrière ton dos ?
– Devine…
– Une rose ! Comme c'est gentil d'y avoir pensé !
– Vingt ans, tout de même, ça se fête !
– Vingt ans…
– Eh oui ! Joyeux anniversaire, ma chérie.
– Joyeux anniversaire, mon amour.

Les nuits blanches de Carélie

Elle aurait pu être tentée alors de dire que vous lui manquiez. Mais comme elle n'était pas née de la dernière pluie, et qu'elle ne savait que trop bien comment naissent ces sortes de fantasmagories, l'honnêteté l'obligea à considérer la chose avec le recul dont la connaissance du processus devait la rendre capable, quoiqu'il lui en coûtât de jubilation et de frustration aussi.

Car ce n'était pas vous qui lui manquiez. Ou du moins pas vous à Paris, ni vous ici, chez elle, mais vous malgré tout, vous là-bas sur la Volga et en Carélie, vous dans le contexte du voyage, vous parmi les icônes, vous au milieu de tous ces gens dont la principale fonction lui semblait avoir été, et c'était heureux, de maintenir entre vous et elle cette nécessaire distance ; cette barrière entre vous et ce qui aurait pu basculer dans le banal et le mièvre de la chose advenue. C'était là-bas que vous lui manquiez, dans une nostalgie proche de celle que l'on éprouve au retour d'un séjour berlinois, la nostalgie d'une valise restée là-bas. Vous lui manquiez dans une nostalgie avec laquelle vous faisiez corps, mais ça n'était pas votre corps à vous, ou alors, c'était votre corps en synecdoques. Voilà ce qu'elle aurait pu être tentée de dire alors.

Votre voix à elle seule était cette nostalgie tout entière, comme l'étaient aussi tour à tour le souvenir qu'elle conservait de votre regard passant sur elle parfois, presque distrait, jamais vraiment posé, celui de vos mains l'effleurant dans la danse ou tournant d'un geste nonchalant les pages d'un ouvrage où peinait à scintiller encore l'or des icônes décolorées, ou celui de votre rire dans vos conversations à plusieurs, sur le pont ou au bar, ou bien plus tard, les autres en allés, vous et elle dans la fraîcheur de la nuit pas vraiment blanche mais jamais tout à fait noire non plus de Carélie. Autant de parties, autant d'émanations de vous avec lesquelles elle avait joué à faire semblant de croire qu'il s'en fût fallu de peu qu'elle les eût aimées.

Votre voix. Vos mots, aussi, ceux que vous saviez si bien manier, entre le sérieux et le rire, et qui l'avaient émue peut-être un peu plus qu'elle n'eût voulu le reconnaître. Et vous, peut-être, vous le saviez. De ces gens aussi, elle aurait pu dire qu'ils lui manquaient, qui, tout en vous séparant, n'avaient été là que pour vous mieux réunir. Qu'eussiez-vous fait sans eux, sans tous ceux-là dont la présence, à mesure qu'avançait votre voyage sur le fleuve, vous devenait plus nécessaire. Leur gênante protection vous était devenue indispensable au point que de retour chez vous à Paris, gauches, presque sans voix, vous aviez compris que le plus solide gardien du rêve et de son intégrité, avec ces gens s'en était allé.

C'était l'aube. Vous l'aviez accompagnée jusqu'au métro Charonne. Et ce nom de Charonne, souvenir lointain et pourtant vivace, l'avait fait frémir.

***

De retour chez elle, à présent loin de vous, longtemps, elle avait goûté cette nostalgie.

Elle regardait parfois les images.

Elle, photographiée par vous dans le métro de Moscou, station Pushkinskaya, sous le buste du poète. Vous, sous ce même buste, même posture exactement. Elle, sur la place rouge, curieusement dépeuplée en ce premier été d'après la chute, russe à nouveau et non plus soviétique, le poing levé devant le mausolée de Lénine, et le cliché suivant qui vous montrait, vous, poing levé pareillement. Et cette autre image encore, elle tout sourire devant le Goum, puis vous, au même endroit, même sourire apprêté. Et ce dernier cliché - qui l'avait pris ? - vous et elle ensemble au premier plan ; au fond, la cathédrale Saint Basile.

Oui, elle regardait les images. Pour mieux se souvenir.

Elle aurait été tentée parfois - mais jamais elle ne le fit - elle aurait été tentée de vous le dire, tout cela que peut-être vous saviez. Elle eût aimé vous demander pardon pour cette étreinte transposée dans laquelle vous n'aviez eu aucune part. Aucune, vraiment... Elle aurait aimé que vous l'absolviez, si un peu malgré elle, si un peu malgré vous, elle s'était servie de l'image qu'elle s'était faite de vous. Peut-être aussi aurait-elle aimé, pour tout cela qui n'était pas advenu, vous remercier. Mais elle se contentait de murmurer quelques vers du poète qu'elle aimait :

Je vous aimais d'un feu timide et tendre,

...

Je vous aimais sans jamais rien attendre...

***

Et puis, c'est vous qui à l'automne l'aviez remerciée. Une lettre. Une seule, dans laquelle vous lui disiez combien ce voyage vous avait rendue heureuse. Et vous lui disiez aussi que ce voyage serait sans doute le dernier. Votre dernier. Ces douleurs qui avaient été les vôtres à la fin du voyage n'étaient pas celles d'un vulgaire lumbago. Le crabe qui avait mangé l'un après l'autre vos seins vingt ans auparavant, s'en était revenu.

***

Sans doute ne retournerait-elle jamais sur cette place Rouge désormais vide de vous. Mais dans son souvenir demeureraient bien vivantes la nostalgie du fleuve et la nostalgie de vous.

Rien qu'un peu de vin

Au début, il acceptait encore de monter dans les autos. Au tout début, il avait même encore une auto à lui, qu'il conduisait parfois. Il avait une chambre à lui, aussi, en ville. Dans la chambre il n'y avait pas de meubles. Seulement un lit et des sachets en plastique. Du temps où il vivait encore avec sa femme, il avait eu une maison, des objets à lui, et même des enfants. Mais depuis qu'il ne vivait plus avec eux, il ne possédait plus grand-chose. L'idéal, à son avis, aurait été de ne posséder plus rien. Mais ça n'était pas possible, songeait-il. On possède toujours quelque chose. Même moi. J'ai encore mon auto, cette chambre, un lit, et mes sachets en plastique. C'est beaucoup. Beaucoup trop, mais on ne peut pas posséder beaucoup moins.

Et puis son auto s'était cassée. Alors il n'avait plus eu d'auto, et c'était bien. Ça en moins. À cette époque-là, il travaillait encore. Comme il était plutôt bien de sa personne et toujours très soigné, il avait ce qu'il appelait ses clients. Ses fidèles, comme il disait. Il allait vendre son journal devant le Palais des Congrès avant les spectacles et les concerts, et toujours les gens achetaient. Il parlait avec eux, on lui serrait la main. Les plus fidèles lui donnaient des vêtements dont ils ne voulaient plus. C'étaient toujours de très beaux vêtements.

Presque neufs. Des vêtements de marque le plus souvent. Aussi était-il toujours très bien mis. Tiré à quatre épingles, disaient les gens qui s'étonnaient de le voir vendre *La Rue*.

À cette époque-là, il gagnait bien sa vie. Trois ou quatre heures de travail par jour, un peu plus les jours de concert, et il avait largement de quoi payer son loyer, à manger, et de quoi voyager aussi, un peu. Travailler en plein air, c'est cela qui lui plaisait surtout. Avant, au bureau, il étouffait. Il n'en pouvait plus. Alors il n'était plus allé au bureau. Et au bout d'un certain temps, quand il n'avait plus eu d'argent, il s'était mis à vendre ce journal. Il aimait aussi ce travail parce qu'il allait dans un quartier où les jeunes avaient tendance, par désœuvrement, à faire des bêtises. Il leur parlait et ils faisaient moins de bêtises. Les îlotiers le connaissaient bien. Ils lui disaient : C'est bien ce que vous faites. C'est un vrai travail social. Depuis que vous venez, depuis que vous leur parlez, ils font beaucoup moins de bêtises.

Il se sentait utile en vendant son journal, en parlant avec les gens, et en parlant avec les jeunes. Pour la première fois de sa vie il avait le sentiment de servir à quelque chose. Pas comme au bureau, où toute la journée il ne brassait que du papier, autant dire du vent.

Mais travailler tous les jours était devenu pénible. La routine, c'est cela qu'il ne supportait pas. Qu'il n'avait jamais supporté. Et puis il ne pouvait plus vendre le journal en conservant cette chambre où il dormait. Ce n'était pas juste. Je triche, pensait-il. Alors il avait quitté sa chambre aussi. Maintenant il n'avait plus rien. C'était bien.

C'est à ce moment-là qu'il avait commencé à refuser de monter dans les autos. Dans les trains et dans les trams aussi.

Il avait trouvé dans une décharge un vieux vélo à peine rouillé et qui roulait encore très bien. Il faisait de longs voyages sur son vieux vélo. Parfois il partait pendant plusieurs semaines. Il était allé dans le Sud, plusieurs fois, et une fois même jusqu'au Danemark. Il s'arrêtait dans des fermes, donnait un coup de main, on lui donnait à manger et une grange pour dormir. De l'argent, jamais. Il n'aurait pas accepté.

Quand le vélo avait cessé de rouler, il ne l'avait pas remplacé. Il allait à pied désormais. Et c'était encore mieux. À pied, au moins on a le temps de regarder. C'est ce qu'il se disait pendant qu'il marchait. Il allait parfois très loin. Pendant des semaines il disparaissait. Et puis un jour, il était de retour dans la ville. Les gens qui le connaissaient l'invitaient à dormir chez eux. Au début il lui arrivait encore d'accepter parfois. Et puis il avait refusé cela aussi. Il allait encore un peu chez les gens quand il était invité à manger, mais il partait toujours avant la nuit. Parfois il demandait un litre de lait et du pain, ou une bouteille de vin. Le lait et le pain, c'était pour lui. Il ne buvait jamais de vin. Le vin, c'était pour ses pauvres, disait-il.

Et puis il avait cessé d'aller manger chez les gens, parce qu'il fallait se servir de couverts. Il ne mangeait plus qu'avec les mains. Aussi ne se nourrissait-il plus que de lait et de pain. Un peu de fromage parfois, mais pas souvent. Le lait et le pain, c'était suffisant, bien assez nourrissant.

Maintenant il ne serrait plus la main des gens. Ça pouvait être gênant parfois, ces mains qui se tendaient, et lui qui faisait comme s'il ne voyait rien. Il gardait ses mains bien enfoncées dans ses poches, et les gens restaient là, tout bêtes, avec leur main tendue, ignorée.

Il ne se rasait plus. La barbe lui allait bien. Il ne portait plus de chaussettes parce qu'il faut les laver trop souvent, mais ses chaussures avaient toujours l'air d'avoir été cirées le matin. Et ses vêtements n'étaient jamais ni défraîchis ni abîmés, ni rien de tout cela qui aurait pu faire croire qu'il n'avait plus rien à lui, vraiment plus rien. Rien d'autre qu'un peu de lait et de pain pour lui, et parfois un peu de vin pour ses pauvres. Mais pas pour lui. Non.

Pour lui, jamais de vin, jamais de vin.

Et si le rêve était réalité ?

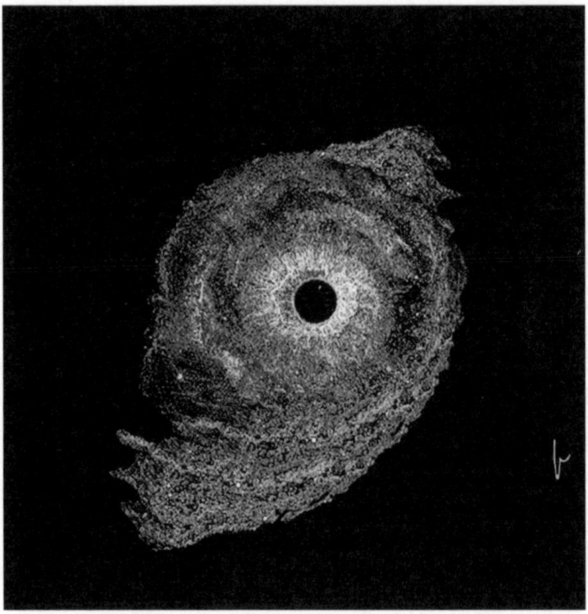

La nuit du dernier pas

Rien. Le noir total, absolu, le noir épais de la nuit la plus sombre, le noir vide du néant. Oui, il est épais et vide tout à la fois, ce noir. Lucie ne bouge pas. Elle pourrait marcher, courir même, si elle le décidait, mais elle ne le veut pas. Elle n'a jamais aimé la nuit. Depuis toute petite, elle lui fait peur. Les images, surtout. Tellement peur, que même encore maintenant, après tout ce temps, elle se souvient.

Oh oui, elle se souvient… La robe de chambre de Maman. Mais pas la robe de chambre tout entière, non : la ceinture seulement. C'est tout doux quand on touche, la ceinture surtout, un bout pour Nègre – elle y fait ses griffes et après, elle ronronne – et l'autre bout pour elle, elle se frotte le nez avec, et elle suce son pouce. Maman n'aime pas qu'elle suce son pouce. Pourquoi ? Elle, elle aime bien… Mais la ceinture, pas moyen de l'attraper. Dès que Lucie tend la main, tout disparaît. La robe de chambre, et Maman aussi. Disparues, envolées. Et après, des fois, c'est un soldat qui vient à la fenêtre. Et ça, ce n'est pas possible, parce que la chambre est tout en haut de la maison, mais il est là tout de même. Lucie lui crie : Va-t'en ! Mais il n'entend pas ou alors, il ne veut pas. Alors, il reste là, à faire des grimaces à travers les fleurs de givre, et ça, c'est tout bizarre, parce qu'il n'a même pas l'air d'avoir froid. Parfois, elle croit le reconnaître, oui, c'est lui, mais tout de suite après, il change de visage, des fois gentil, des fois méchant, Lucie ne sait jamais comment il va être, c'est sûrement pour ça qu'il lui fait si peur, le soldat.

Dans le noir et le silence, Lucie fait un pas. Les rêves. Encore plus effrayants que les images. De ceux-là aussi, elle se souvient.

Celui de la panthère revient souvent. Elle est noire, comme Nègre, mais en très, très gros. Elle grimpe le long de la vigne qui va jusqu'au salon de musique, et là, elle s'assied sur le balcon et elle attend que Lucie sorte, pour la dévorer. Il y en a un autre, c'est presque le même. Le méchant loup est en bas de l'escalier, il remue sa longue queue noire pleine de poils en hurlant ouh ! ouh ! et il attend que Lucie descende pour la manger. Elle, elle est en haut, elle se brosse les dents, la salive coule jusqu'au coude, elle appelle Maman, mais elle ne vient pas, sûrement elle ne l'entend pas, parce que si elle l'entendait, elle viendrait, une maman vient toujours, enfin, elle devrait, mais en vrai, elle ne vient pas toujours, et dans ce rêve-là, elle ne vient jamais. Alors Lucie pleure, et elle crache dans l'évier, la salive et le dentifrice, c'est tout blanc, elle crache, elle crache, et elle a peur, elle a peur du méchant loup, elle ne veut pas le rejoindre, mais elle sait qu'elle ne peut pas faire autrement, elle est obligée, sinon c'est lui qui montera, et alors...

Il y en a un autre encore, un autre rêve, le plus terrible de tous. C'est un grand diable rouge et noir avec des têtes de mort partout sur son habit. Il fait bouillir de l'eau dans la grande lessiveuse, et avec une cuillère en bois, il touille. Des fois, il tourne la tête en faisant des grimaces, il regarde Maman dans sa robe de chambre, elle est loin, tout au fond de la cave, elle regarde droit devant elle, et c'est comme si ses yeux étaient tout vides, comme si elle ne voyait rien du tout. Le diable ne la regarde pas, non, il regarde Lucie. Elle est attachée avec une corde. Et quand l'eau fait de grosses bulles, bloup, bloup, il a un drôle de sourire en coin, et il dit qu'il va la faire cuire. Il attrape Lucie pour la jeter dans l'eau bouillante, mais heureusement, il n'a pas le temps, parce que c'est toujours là qu'elle se réveille. Le lit est tout froid, et dans la chambre aussi il fait froid. Lucie cache son nez sous l'édredon. Elle prend une grande inspiration, et après, avec ses deux mains, elle repousse un peu l'édredon, juste assez pour découvrir le nez, et elle expire longtemps, le plus longtemps possible. Ça fait un joli nuage de buée. Sur la fenêtre, il y a les fleurs de givre. Lucie les aime bien. À l'école, elle a appris un poème. Il raconte les dessins sur les vitres, une biche entre les fougères.

Elle a de jolis yeux, ma biche, dit papa. Non ! Non ! fait Lucie. Non ! non ! Mais le mot reste prisonnier au fond sa gorge serrée, il ne veut pas sortir, il ne sort pas. Non, non ! dit-elle encore, sans dire. Et elle ferme les yeux. Alors, elle n'est plus tout à fait là.

Parfois, de très loin, on entend les trains de marchandises qui freinent fort, fort, avant de s'arrêter à la gare du Nord. Ça fait un bruit strident, un crissement interminable, pas agréable du tout. Et pourtant, c'est curieux, quand elle entend un train, elle sent un étrange bien être qui monte, qui monte. Et bientôt, le calme. Un calme parfait.

Un pas encore, dans cette nuit noire, dans ce silence : Tu es grande, maintenant, s'encourage-t-elle, tu n'as plus peur du noir, plus peur depuis longtemps. Et c'est vrai : elle n'a pas peur, au contraire, c'est la même sensation délicieuse qui suivait ses cauchemars d'enfant. Son seul désir - si toutefois l'on peut qualifier cette chose-là de désir - c'est de profiter de cette béatitude. Oui, béatitude est le mot qui lui vient, le seul qui convient à cet instant précis. Et ce silence... jamais elle n'en a entendu d'aussi profond. C'est le silence exact de la nuit, le pendant parfait du noir qui l'entoure. Elle hume ce silence. Elle ouvre grand ses narines, elle le laisse la pénétrer tout entière. Il n'a aucune odeur, mais s'il en avait une, elle est certaine que ce serait le parfum humide, subtil et envoûtant d'une cave abandonnée. Drôle de sensation. Seule dans cette nuit et ce silence, elle devrait être terrifiée, pétrifiée, mais non, pas la moindre angoisse, pas le plus léger soupçon de la crainte la plus légère, seuls cette perfection, ce bien-être merveilleux que communiquent à son cerveau ses sens comblés.

Un pas, un autre encore. Je devrais tendre devant moi mes mains, par précaution, se dit-elle. Qui sait quels obstacles se trouvent sur ma route... Mais non, elle marche, confiante, et elle avance. Elle sait qu'elle avance. Vers quoi, elle l'ignore, sa seule certitude est qu'il lui faut mettre un pied devant l'autre et avancer, avancer. Et cette certitude lui est une nouvelle plénitude, pour un peu lui viendrait le mot bonheur. Bonheur... un mot dont jusqu'ici elle n'a usé qu'avec la plus grande circonspection et la plus prudente parcimonie. En effet, elle n'y a jamais vraiment cru, à ce que d'aucuns nomment ainsi, à ce qu'il est convenu et bienséant d'éprouver en certaines occasions, qu'elles aient été soigneusement préparées, minutieusement programmées, ou qu'elles nous surprennent par leur caractère inattendu et par là même intempestif. Le bonheur ? Pour elle, ça n'a jamais été qu'un mot creux, tout à fait abstrait et quelque peu ridicule, voire en certaines circonstances, franchement obscène. Bref, un mot qu'elle ne prononce que rarement, et jamais sans guillemets. Il en va de même - mais est-il besoin de le préciser ? - pour la joie, autre terme au goût frelaté et vaguement écœurant de bonbon acidulé. Mais qu'importe le bonheur et qu'importe la joie ? Elle a sa vie, sa vie bien à elle, que personne ne lui prendra. Depuis des années et comme pour s'en convaincre, elle se répète à l'envi qu'elle mène une existence on ne peut plus normale. Et en effet, depuis toujours elle s'applique à se fondre dans la masse : enfance heureuse choyée par une mère aimante, études sinon brillantes du moins tout à fait honorables, mariage réputé d'amour avec monsieur très convenable, bien sous tous rapports, enfants charmants au nombre de deux, une fille, un garçon, dans cet ordre-là, comme il se doit. Sans oublier une activité professionnelle on ne peut plus satisfaisante, et raisonnablement rémunératrice. En un mot, une existence dans laquelle elle aurait mauvaise grâce de ne pas se sentir parfaitement épanouie. Or, épanouie, elle ne l'est pas, ne l'a jamais été. Ce n'est pas pour autant qu'elle se sent malheureuse, ni même triste. Non. Indifférente serait plus juste. Oui, indifférente à tout, et même à son mari, pourtant idéal, et même - ou devrait-elle dire surtout ? - à ses enfants, pourtant tellement « trognons », si elle en croit son entourage.

Bien sûr, elle prend soin de leur dispenser les marques d'affection convenues, baisers et caresses, mais elle n'en éprouve aucun plaisir. Les seuls contacts tactiles capables de lui procurer un certain bien-être sont ceux dont elle gratifie le chat, qui les lui rend sous forme de frottements appuyés et ronronnements tonitruants.

À tout cela, d'ordinaire elle ne pense guère, ou alors de façon tellement fugitive qu'elle n'en conserve qu'un souvenir très vague qui ne fait naître en elle aucun désagrément. Ce n'est qu'ici, dans cette nuit et ce silence, que ces pensées lui sont venues. Elle se rend compte que le temps de sa réflexion, elle s'est arrêtée de marcher. Il lui semble même que sans le vouloir, sans en être consciente, elle a reculé de quelques pas, de beaucoup de pas, peut-être.

J'ai reculé de tous mes pas, se dit-elle. Elle se dit cela, et elle sait qu'une fois de plus, une fois encore, elle se ment. Et son corps le lui dit, qui apparemment en sait plus qu'elle. Son corps qui à présent lui ordonne de reculer encore. D'un pas, un seul, le dernier. Et après, il le lui promet : la paix enfin, la paix, la vraie.

Il l'encourage : Un pas, un seul, fais-le !

Elle ne bouge pas. Alors, perdant patience : Tu attends quoi ? Je ne vais pas le faire à ta place, tout de même !

Elle ne veut pas. Ce pas-là, elle ne le fera pas. La nuit, le noir, tout ce qu'on voudra, mais ce pas-là, non, elle ne peut pas. Elle le dit : Je ne peux pas !

Alors, son corps, dans un souffle, ordonne pour la dernière fois : Allons ! Un seul encore ! Le tout dernier pas dans ta nuit.

Mais ce pas, Lucie ne le fait pas. Ni en avant, ni en arrière. Parce qu'avant, il lui reste une dernière chose à faire. Et elle va la faire, cette chose-là. Oui. Tout de suite. Maintenant. Après, elle pourra le faire ce pas, ce tout dernier pas dans la nuit. Et alors, enfin, elle le sait, les images et les rêves, elle les oubliera. Elle le sait, elle le sent, elle est prête, tout à fait prête à présent. Pourquoi avoir attendu si longtemps ? C'est si simple, pourtant : se lever sans bruit, ne réveiller personne, ni son mari ni les enfants, s'habiller dans le noir, descendre - attention, la troisième marche grince - sortir l'auto du garage, rouler, ce n'est pas très loin, sonner, et puis attendre. Oh pas longtemps, il ne dort plus guère, à présent.

Il ouvrira la porte. Il dira : Ma biche ! Ma fille chérie ! C'est toi ? C'est bien toi ?

Il ouvrira ses bras. Mais elle ne bougera pas. Oh il sera content ! Étonné après toutes ces années de la voir là, mais content, c'est certain ! Il voudra appeler Maman, mais il n'aura pas le temps.

***

Au bout de son bras, l'objet est lourd, dur et froid. Au sol, dans la lumière douce et chaude de l'aurore, dans une mare d'un beau rouge luisant, gît un homme presque jeune encore, aux cheveux à peine grisonnants. Ses yeux sont grand ouverts, qui semblent regarder Lucie. Oui, c'est bien elle qu'il regarde en souriant.

Lucie recule d'un pas. Un seul. Le pas nécessaire, le pas suffisant. Le pas qui enfin lui accordera le droit d'être. Le droit de vivre. Et qui sait… le droit d'aimer.

Le diplôme

Ceux de la nuit, pour s'en souvenir, il faudrait qu'ils vous réveillent, et encore, ça ne suffirait pas. Il faudrait se lever, les noter, mais le plus souvent on ne le fait pas, on se rendort et au matin il n'en reste plus rien. Mais ceux du matin, quand on ouvre les yeux, ils sont encore tout frais. Si on se les raconte tout de suite, on peut les conserver.

Quand j'ai émergé du sommeil ce matin, il faisait encore noir. Le temps de me dire qu'il était trop tôt, déjà je m'étais rendormie. C'est là qu'elle est venue.

Je ne la voyais pas, parce que je ne pouvais pas tourner la tête. Mais je savais que c'était elle. Elle était assise près de moi sur le banc. C'est drôle, ce banc, il revient tout le temps. Pourtant je n'ai aucun souvenir de quoi que ce soit dans ma vie qui se serait passé sur un banc. Mais la nuit, ça se passe toujours sur un banc. Et toujours dehors en plein air, en montagne, ou au bord de l'eau, jamais dedans. Cette nuit, c'était au bord de la mer.

À mes pieds, il y avait du sable et j'avais aussi du sable dans ma main, qui s'écoulait doucement. Et chaque fois que ma main était vide, je me baissais, je ramassais une nouvelle poignée que je laissais couler entre mes doigts. C'était le soir.

La journée avait dû être très chaude parce que le sable était encore tiède.

D'abord j'étais seule. Je regardais la mer et je regardais le sable, je le regardais couler entre mes doigts, c'était très doux et je me sentais bien. Je n'entendais plus mon cœur cogner dans mes oreilles et respirer était facile, naturel, je respirais sans y penser.

C'est alors qu'elle est venue. Je ne l'ai pas entendue arriver, simplement, à un moment j'ai su qu'elle était là. Je ne pouvais pas tourner la tête, mais je savais que c'était elle. Elle était venue me chercher. Ça n'avait rien de dramatique, c'était tout naturel, une mère qui vient chercher son enfant parce que la nuit tombe et qu'il est l'heure de rentrer.

J'aurais voulu la suivre. J'avais toujours été une enfant obéissante. D'ailleurs ce n'était pas de l'obéissance. Non. C'était beaucoup plus simple : nous étions toujours d'accord sur tout, alors pas besoin d'obéissance. Elle disait et je suivais.

Et maintenant elle voulait que je la suive encore une fois, et moi je voulais bien, il suffisait que je me lève, que je mette mes pas dans les traces qu'elle laisserait sur le sable, je n'avais pas peur puisqu'elle était là pour me montrer le chemin.

Je voulais la suivre. Mais je ne pouvais pas. Je me suis mise à fouiller dans mon sac, un grand sac à dos posé sur le sable à côté du banc. Mais je ne trouvais pas. Alors j'ai retourné le sac, j'en ai vidé le contenu dans le sable, mais ce que je cherchais n'y était pas. Je lui ai dit : Je ne peux pas te suivre parce que je n'ai pas le diplôme. Sans ce diplôme-là, on ne me laissera pas venir avec toi.

Alors elle est partie. Je ne l'ai pas vue partir, j'ai senti seulement qu'elle n'était plus là.

Je me suis réveillée. Mon cœur ne me faisait plus mal du tout et j'étais contente parce qu'elle m'avait rendu visite. J'étais un peu triste aussi parce qu'elle n'avait pas pu rester. Mais ce n'est pas bien grave. Elle reviendra. Et un jour, même si je n'ai jamais été une très bonne élève, je finirai par le trouver au fond du sac. Un jour, je retournerai le sac, je le viderai sur le sable et mon diplôme sera là.

Vortice

Au réveil, il retrouva la phrase telle qu'elle s'était imposée à lui la veille au soir : *L'œil est le roi du monde.* Elle lui était venue il ne savait comment, un peu comme lui venaient les refrains de ses chansons, sauf que là, ce n'était ni un refrain, ni une chanson, ni même le début d'un roman, c'était juste des mots posés là, dans sa tête, et dont malgré une nuit de sommeil on ne peut plus paisible, il ne parvenait pas à se défaire.

Il se leva, fit sa toilette, prit son petit déjeuner, ouvrit la porte-fenêtre, sortit pieds nus sur le balcon, inspira profondément dans l'espoir de se débarrasser de l'intruse ; rien n'y fit, la phrase restait là, comme ancrée au détour d'une circonvolution secrète de son cerveau.

Et voilà qu'à présent, non contente de se tenir tapie là, elle s'était mise à tourner, en larges volutes très lentes pour commencer, qui allèrent s'accélérant, vite, de plus en plus vite, un vrai derviche, de quoi vous filer un tournis un peu là ! À deux doigts de choir, il se rattrapa au balustre en fer forgé. Elle était humide de rosée et étrangement froide pour un matin de juin, d'autant plus que le soleil était déjà haut dans le ciel. Bien que solidement cramponné, l'impression de tomber persistait tout comme persistait le tournoiement lancinant des mots.

Incapable de lâcher la rambarde, il se laissa glisser jusqu'au carrelage. Assis, il se sentit en sécurité. Ce qui l'étonna cependant, c'est que le carrelage, tout comme la rambarde, était glacé.

Il ferma les yeux, le tournis le reprit de plus belle. Il les rouvrit. Cela s'apaisa quelque peu mais la phrase, elle, était toujours là.

Maintenant, elle ne tourbillonnait plus. Non, c'était autre chose... Il n'aurait su décrire cette impression... peut-être... peut-être elle se transformait. Oui, voilà, c'était ça : elle se transformait.

Et pourtant, non. Les mots restaient les mêmes, rangés dans le même ordre exactement. La forme, peut-être ?...

Vortice. Le seul mot qui lui vint fut celui-là : *vortice*. Pourquoi pas vortex ? Ou tourbillon ? Il était français que diable ! Pas du tout transalpin, même s'il avait toujours chéri la langue de Dante, qu'il aimait à parler dès que l'occasion s'en présentait ; pas bien souvent, à dire la vérité. Tellement peu souvent qu'il pensait l'avoir presque perdue. Et non, pourtant : *vortice* était là, qui semblait avoir pris racine et ne le quittait plus. À présent, la phrase et le nouveau mot s'entremêlaient ; parfois, la phrase prenait le dessus. Alors *vortice*, en intrus qui a parfaitement conscience de n'être pas le bienvenu, s'effaçait. Mais tout de suite après il revenait, comme prêt au combat. Alors c'était la phrase qui perdait de sa force, s'estompait, s'amenuisait jusqu'à n'être plus qu'un souffle, un imperceptible murmure.

Il ne pouvait pas rester là pourtant, les fesses prêtes à geler sur le carrelage glacé ; il allait attraper la mort, c'était couru d'avance.

Attraper la mort, c'est ce que lui disait sa mère quand enfant, il refusait de mettre sa cagoule et ses gants : Tu vas attraper la mort ! clamait-elle en levant les bras au ciel et en poussant un long gémissement auquel nul et lui moins encore que tout autre n'eût résisté ; il obéissait immédiatement.

Quelle comédienne, Maman ! Et à ce souvenir, il fut pris d'une quinte de toux rauque mêlée de rire.

Lève-toi, bon sang ! C'était sa voix à lui, et celle aussi de sa mère. Les deux voix ensemble tressées, qui se répondaient en un écho assourdi.

– Lève-toi !

– Tu en as de bonnes, Maman ! Tu vois bien que je ne peux pas !

– Fais un effort ! Paresseux, feignant, feignasse comme on n'en fait plus !

Maman était comme ça : pour ce qui était de mâcher ses mots, tu repasseras ! D'une phrase assassine, d'un seul mot parfois, elle te mettait plus bas que terre. Imbattable dans l'art de te faire mordre la poussière.

– Il est presque huit heures. Ton chef, tu le connais ! Si tu as ne serait-ce que trois minutes de retard, c'est l'avertissement. Alors bouge-toi !

– Oui, Maman. Tout de suite, Maman. Je me lève. Tu vois, je suis debout.

Et en effet, il s'était levé. Sans peine aucune. Phrase et mot disparus, envolés, et ouf, enfin libéré ! Il s'en retourna au salon, referma derrière lui la porte-fenêtre du balcon. Il se sentait frais comme un gardon, en pleine forme, prêt à affronter une journée de plus au bureau sous l'œil éternellement exaspéré du chef-jamais-content-toujours-prêt-à-râler.

Et zut ! Pourquoi, mais pourquoi *œil* lui était-il venu ? Du coup, la phrase aussi, tout entière, et le *vortice* à sa suite.

Et rebelote, tout pareil depuis le début : les lentes volutes, l'accélération de la phrase derviche, le tournis, tout le tintouin, quoi... sauf que cette fois, il n'alla pas sur le balcon : ses fesses conservaient encore le cuisant souvenir du froid glacial du carrelage. Il se traîna tant bien que mal jusqu'au fauteuil qui faisait face à la télé. Il s'y affala.

Mais qu'est-ce que j'ai donc, ce matin ? se demandait-il, incapable de bouger. Appeler Maman. Oui, c'est ça, je vais appeler Maman. Mais le téléphone... où est mon téléphone ? Ah oui, dans ma poche, comme toujours. Bien sûr, elle va râler parce qu'à cette heure je devrais être au bureau, et là-bas, interdit d'appeler qui que ce soit, mais quand je lui aurai tout bien expliqué, la phrase, le mot, le tournis, tout ça... elle comprendra. Et elle saura quoi faire. Elle sait toujours quoi faire, Maman...

Mais non, je suis bête ! Elle n'est plus là. Crevée, ma garce de mère ! Morte et enterrée ! Et depuis belle lurette ! Pas une larme. Au contraire. Content ! Tu m'entends, ma mère ? Je suis enfin content !... Oh non ! Non, non ! Je n'ai rien dit ! Ne me punis pas, Maman ! Je demande pardon ! Pardon ! Je t'aime ! Pas la cave ! Non, pas la cave ! Ne me punis pas ! Ferai plus ! Plus jamais ! Tu vois ? Gentil ! Je suis gentil !

Et puis, la phrase s'en alla. Et le mot aussi. Maintenant, c'était le calme. Le calme plat. À la place de la phrase et du mot, un œil, sans cils, sans paupières, et qui le fixait.

Mais qu'est-ce que c'est... Il est à qui cet œil ?

Et puis, il comprit.

Alors c'est ça, mourir... C'est comme ça... Déjà ? Bof... après tout, maintenant ou plus tard... Alors voilà, je meurs. Et c'est plutôt agréable. Et cet œil... plutôt agréable, lui aussi : ni agressif, ni accusateur, ni suspicieux, ni réprobateur, non, rien de tout ça. Juste un œil. Ni bienveillant ni menaçant. Un œil neutre. Oui, neutre. Voilà. Alors, l'œil, si tu veux de moi... Tiens, Petula Clark... Ça ne date pas d'hier, ça... Comment c'était, déjà ? Ah oui...

Si tu veux de moi
Pour t'accompagner au bout des jours
Laisse-moi venir avec toi...

J'arrive, l'œil. Tu vois, je suis là. Mais... Non, non, cette... cette tendresse que j'y vois... ça ne se peut pas ! Ou alors ? Toi, Maman ? Toi ?

Comme on jette une bouteille à la mer

Combien de semaines, combien de mois ? Des années, peut-être... Je ne sais pas, je ne sais plus, il y a bien longtemps que je ne compte plus.

Au début, c'était assez facile, j'étais parfaitement capable de reconnaître la lumière et le noir. Les deux alternaient. Il suffisait d'en retenir le nombre, sept de chaque, et voilà, ça faisait une semaine. J'ai réussi à en compter vingt-quatre. Pas des jours, non, des semaines. Vingt-quatre semaines. Après, quelque chose a changé que je ne saurais ni nommer ni définir, mais qui a estompé la différence entre lumière et noir. Oui, la différence s'est faite moins nette. Comment dire... ombre, peut-être ? Oui, voilà, c'est ça. Ombre, ombre tout le temps. Alors, j'ai renoncé à compter, à quoi bon...

Non, ce n'est pas tout à fait comme cela que ça s'est passé. Je n'ai pas renoncé tout de suite. Pendant un temps, combien, je ne sais plus, j'ai oublié, de toute manière, à présent, le temps... mais c'est vrai qu'au début, ça avait encore du sens, au moins un peu. Alors, quand je n'ai plus pu faire la différence entre lumière et noir, je me suis mis à compter autrement. Les plateaux. C'était plutôt facile, parce qu'avant, lorsque clarté et obscurité alternaient nettement, j'avais très vite compris que les plateaux arrivaient avec une régularité horlogère, à raison d'un par vingt-quatre heures. Un seul. C'était peu, et au commencement, j'avais jugé ce rythme tout à fait mesquin, pour ne pas dire absurde. En effet : qui, mis à part le chien, ne se nourrit qu'une seule fois par jour ? Mais très vite, je m'étais habitué, et la faim des premiers temps s'était calmée, tout comme s'était calmée mon impatience.

Au début - quelle naïveté que la mienne ! - j'étais révolté, angoissé, et parfois même terrorisé, mais en même temps, plein d'espoir. Sans cesse, j'oscillais d'un état à l'autre. Persuadé que jamais, jamais, cette chose-là ne prendrait fin, l'instant d'après je me disais que ça n'allait pas durer, que bientôt, je retrouverais ma vie, celle d'avant, avec mon métier, mes parents, ma femme, mes enfants, mes amis, mon emploi du temps toujours surchargé, en un mot, tout ce qui fait la vie, la vraie.

Mais au bout d'un moment - combien de jours, de semaines, de mois, comment savoir, je ne sais plus, j'ai oublié - j'ai renoncé pour de bon. Oui, renoncé à compter, définitivement. Les plateaux arrivaient toujours avec la même régularité, mais ça ne m'intéressait plus vraiment. Le temps, je veux dire. Retrouver ma vie d'avant, ça non, je n'y avais pas renoncé, pas du tout, et même bien au contraire : plus le temps passait, plus je me voyais m'envoler loin, loin, comme l'oiseau ; mais compter… à quoi bon ? Je le saurais peut-être un jour, peut-être un jour, quelqu'un me le dirait, quelqu'un qui aurait tenu le compte à ma place, ma femme, par exemple. Ou ma fille. Ou ma mère. Oui, l'une d'elles, sûrement. Parce que c'est le propre des femmes de toujours savoir où elles en sont avec le temps.

Au début, j'entendais. Pas grand-chose, mais tout de même. Des bruits. Jamais de moteurs, jamais de coups de klaxon, pas d'autos, mais les sonnettes des bicyclettes. J'en avais déduit que ce n'était pas une rue, pas assez large en tout cas pour laisser passer les autos, seulement les bicyclettes et les piétons ; une ruelle, alors. Oui, ça ne pouvait être que ça. Et des voix dans la ruelle. Il me semblait reconnaître ma langue parfois ; le plus souvent, d'autres venues d'ailleurs. Mais les voix étaient étouffées, impossible de comprendre les mots. Jusqu'au jour où ces bruits et ces voix eux aussi se sont tus.

Quant aux plateaux, je les trouvais devant moi, déposés là comme par magie, jamais un bruit de pas, jamais le son d'une voix. Sans doute arrivaient-ils pendant mon sommeil. Je me souviens que depuis le début, je dormais beaucoup. À vrai dire, je dormais presque tout le temps. Je ne me réveillais que pour me nourrir, avant d'aller à tâtons jusqu'au seau qui servait à me soulager, après quoi, tout à côté, je trouvais la cuvette où je faisais ma toilette et dont à chacun de mes réveils je constatais que l'eau en avait été changée. Plus que sommaire, la toilette, mais quelle importance - ici, je n'avais pas à qui plaire, de toute façon. Toutes les six ou sept toilettes, à côté de la cuvette, je trouvais des sous-vêtements et une chemise propres, parfaitement pliés, comme à l'armée. À chaque fois me revenait le souvenir de mon service militaire, lit au carré, caporal gueulant, doigt levé après l'avoir passé sur le dessus des armoires, doigt brandi, accusateur, orné d'un semblant d'inexistante poussière. Et à chaque fois, ce souvenir tellement incongru, tellement intempestif, déclenchait mon rire. Inextinguible, mon rire. Alors, tout en riant, je me mettais au garde-à-vous pour gueuler en silence : « Vive la France ! » Les sous-vêtements... J'aurais pu compter de cette manière aussi. Six ou sept toilettes, ça aurait fait combien de jours ? Non, trop compliqué, trop aléatoire. Et puis, à vrai dire, compter, je n'en avais plus du tout envie.

Pendant longtemps, la présence humaine m'a manqué. Les échanges, surtout. Même les conversations de salon les plus creuses, j'en arrivais à les regretter. Mais plus maintenant. Non, plus du tout. Et même, je me demande si je serais encore capable de répondre à une question aussi simple et banale en apparence que : « Comment allez-vous ? » Que répondre à pareille question... Comment je vais ? Mais je n'en sais rien, je dors, je mange, je fais ma toilette, parfois je change de sous-vêtements et de chemise, mais pour aller où ? Je ne vais nulle part. Il est vrai que la question n'est pas « Où allez-vous ? » mais « Comment allez-vous ? », ce qui est tout différent. Ou bien non, peut-être pas si différent que ça, après tout. Pour aller quelque part, il faut s'y rendre d'une certaine manière, à pied, à bicyclette, en auto, en train, en avion, que sais-je... Mais moi, je ne me rends nulle part, je ne vais nulle part, et donc, la question « Comment allez-vous ? » se révèle, étant donné ma situation présente, parfaitement stupide, totalement inadaptée. Mais tout cela, j'imagine que dans un salon, ou lors d'un dîner, je ne le dirais pas, que peut-être je ne saurais plus même le dire... Peu importe de toute façon, puisque cette question-là, comme toutes les autres, il ne se trouve personne pour me la poser. Pas même moi. Me demander comment je vais n'aurait aucun sens, puisque je suis dans ma propre peau.

Je pourrais éventuellement biaiser, en me posant la question autrement, comme si nous étions deux : « Comment vas-tu ? » Cela me permettrait de prendre du recul, ou tout au moins la distance nécessaire. Du coup, la question serait recevable, je pourrais m'examiner de l'extérieur et en tirer peut-être certaine conclusion. Me parler à moi-même comme si *Je* était un *Autre*... Mais non, je ne suis pas poète, pas du tout. Je suis même tout le contraire : pragmatique, réaliste, les pieds sur terre, depuis toujours. Et ce n'est pas parce que ces temps derniers je me trouve dans une situation étrange – ou faut-il dire *étrangère* ? - que je changerai.

Parfois, je pense à ces naufragés, prisonniers d'une île déserte. Cette idée-là aussi me fait rire ; presqu'autant que le souvenir de l'armée. C'est curieux comme dans la fiction cinématographique ou romanesque, les choses sont bien faites : pas du tout comme dans la vraie vie. Parce que dans la vie, en tout cas dans la mienne et dans ma situation présente, je manque de tout ce qui à l'écran ou dans un livre pourrait m'être de quelque utilité. En effet, que me faudrait-il ? Un crayon, du papier, un flacon, un océan. Rien de tout cela ici.

Et pourtant, tout à l'heure, je l'ai lancé, mon appel. Mes mots de silence, je les ai lancés au mur qui me fait face, comme on jette une bouteille à la mer. Entreprise on ne peut plus louable, méritoire effort, bien que dérisoire et tout à fait vain. Car même si mon message était capable de traverser le mur, même s'il parvenait à se frayer un passage jusqu'à un conduit auditif accueillant, désormais il arriverait trop tard.

Mon appel muet n'a pas traversé le mur, bien sûr. Pourtant, c'est le mur qui m'a répondu. Ou plutôt une voix, venue de l'autre côté du mur. Une voix humaine. La première depuis mon arrivée ici, qui s'adressait à moi. Oui, à moi, puisqu'à plusieurs reprises elle a prononcé mon nom. J'ai été jugé. J'ai été condamné. C'est pour demain. Mais la voix a prononcé mon nom. J'existe donc, de l'autre côté du mur.

Et mes larmes sont des larmes de joie.

Le fleuve

Il creuse avec ses mains. Il ne doit ni ralentir ni faiblir ni s'arrêter. Il doit seulement creuser, continuer à creuser avec ses mains. Il creuse parce qu'il lui a promis. C'était une vraie promesse, une promesse solennelle. Il ne peut pas la décevoir. Il ne peut pas la décevoir une autre fois, une fois de plus, une fois encore, parce que cette fois serait une fois de trop. Alors, il creuse.

Pourquoi est-il enseveli, depuis combien de temps creuse-t-il, comment sait-il la direction, de quoi se nourrit-il, on ne le sait pas. L'histoire ne le dit pas. L'histoire dit seulement cela, qu'il il doit creuser parce qu'il a promis. Peut-être se nourrit-il seulement de cela. Peut-être cette promesse suffit-elle à le nourrir. Peut-être, mais on ne peut pas être sûr, l'histoire ne le dit pas. Elle ne dit rien sinon qu'il creuse la terre avec ses mains.

Parfois, il fait froid, très froid, parfois, il fait chaud, trop chaud, mais toujours il fait noir. Il devrait avoir mal aux mains, ses mains devraient être en sang, mais il ne les sent pas, il ne sent rien, du moins l'histoire ne parle-t-elle pas de ces douleurs qui devraient être les siennes depuis qu'il creuse. Des jours et des nuits peut-être. Des jours et des nuits, ou bien des nuits et des nuits, car jamais il ne voit le jour, là-dessous c'est la nuit, toujours, et l'odeur de la terre humide, et le silence. L'exact silence noir de la nuit.

Il creuse et il avance. Il sait qu'il avance, il sait qu'il creuse dans la bonne direction et qu'il arrivera, qu'il sera là le jour exact, à l'heure exacte qu'elle lui a dit. Il ne pense à rien, il ne pense pas qu'il a chaud, qu'il a froid, qu'il a faim, il ne pense pas qu'elle l'attend, il ne pense pas à elle, il ne pense à rien, il n'est plus que deux mains qui fouissent la terre et qui vont vers elle, vers elle dont il ne pense rien.

Le moment viendra où deux mains émergeront de la terre à l'endroit exact où elle l'attend. Il n'aura plus alors qu'à prendre appui sur ses deux mains et à se hisser pour s'extirper hors de la terre. Et ce moment approche, il le sait, déjà la terre est plus meuble, plus légère, il ne fait presque plus d'effort.

Le moment viendra, et ce sera le jour. Non, pas vraiment le jour. Les premiers bruits qu'il entendra seront les derniers bruits du jour. Bruit des oiseaux qui viennent se nicher pour la nuit en se disputant, gémissement des branches, craquement des branches, bruit du fleuve, bruit de l'averse sur le fleuve. Il ouvrira les yeux, il lèvera les yeux vers le fleuve, sur la brume qui s'élève du fleuve. Moiteur suffocante du fleuve et de la forêt après l'averse. Il reconnaîtra l'endroit. De l'autre côté, le Surinam. Mais c'est ici, il le sait bien, c'est sur cette rive, qu'elle l'attend.

Alors, il la verra.

Elle se tiendra debout au milieu d'un groupe d'hommes blancs, assis au bord du fleuve en un cercle parfait. Devant chaque homme, une lampe Butagaz. Elle sera immobile et luisante dans la lumière bleutée. Comme un appât, pensera-t-il. Les hommes ne bougeront pas. Leurs yeux seront baissés. Quant à elle, son regard vide restera fixé sur le point exact qu'elle sait de toute éternité être celui où il apparaîtra. Image noire et blanche, découpée sur le silence de la nuit tombée.

Un peu en amont, un groupe d'Indiens tireront leurs pirogues à moteur sur la berge. Un peu en aval, trois nègres marrons assis sur une souche converseront à voix basse avec l'âme de leur ancêtre emprisonnée dans une cage posée sur leur épaule. Les trois groupes seront parfaitement séparés et sembleront ne pas savoir la présence des deux autres.

Il regardera cela, et il ne bougera pas. Il ne sera pas en retard, ce ne sera pas commencé, elle l'aura attendu. Ce silence, cette immobilité seront pour lui. Cette immobilité et ce silence seront son attente de lui. Ainsi, elle aura fait cela : ne pas bouger, se taire. Elle aura voulu cela, n'être qu'attente de lui.

Il sera là, et elle ne le verra pas. Elle baissera les yeux vers les hommes muets et immobiles. Ils lèveront leurs yeux vers elle et ils disparaîtront. C'est alors seulement qu'elle le verra.

Il avancera vers elle et il s'arrêtera. Il sera juste à l'heure, pas en retard du tout.

Elle lui dira : C'est moi. Tu ne me connais pas mais tu me reconnais. Et puis elle ajoutera : Tu dois avoir très faim. Tu veux boire quelque chose. Voici un peu de vin.

Il la regardera et elle verra ses yeux. Ses yeux couleur de fleuve.

Dans sa main, il tiendra un dessin. Il le tendra vers elle, le dessin sera beau. Une femme, une enfant, et lui.

Lui. Vivant.

Et du plus profond de son être surgiront ces mots que peut-être elle lui dira :

Tu es là, juste à l'heure
Pas en retard du tout.
Sur la berge du fleuve
Il n'y a plus que nous.

Table des matières

Remerciements

À tous les concours de nouvelles sans lesquels je ne me serais sans doute pas aventurée sur ces chemins-là.

À Dominique Boutonnet pour sa "Venus"
À Jean-Paul Pierozzi pour son "Vortice"

À Emmanuel Brunstein, pour ses conseils avisés et pour sa relecture complice et sensible.

Crédits

Venus protectrice
Photo Dominique-Boutonnet

L'Œil qui regardait Caïn
Réalisé par Jean Paul Pierozzi
www.artmajeur.com/it/jpierozzi/artworks

Autres œuvres
Réalisées par Joan Ott
joanott@icloud.com

Imprimé en France par :

Evoluprint - Groupe LexisNexis
Parc Industriel Euronord
10 rue du parc
31150 Bruguières

Dépôt légal : 3ème trimestre 2019
(2ème édition)